心眼的景致

蘇清強小品文集

蘇清強 | 著

序　觸動心靈的小品文

清強交來一本書稿，要我寫序，我確實有點受寵若驚。喜見同道新書源源問世，愈寫愈勤；卻相形見拙，自己不但思維遲鈍，作品也日漸稀少。無論於學問、做人、學習等方面，這位歲數比我小八年的小弟，步履早已跨在我前頭，作品的量與質，都締造了令人驚喜的佳績。

這本《心眼的景致》，就是一個例證。清強說這是一本小品文集，我閱讀後覺得稱為心靈小品或許更貼切，因為全集作品都是在他工餘之暇的巧思，感觸心靈的自然流露，涵蓋了議論、敘事、寫景、感時、回憶等等，興之所至，瀟灑自若的文字經營。

這些篇章，正付合了小品文無所不包，無所不述的特性。

由「匆匆的景致」，「柔柔的觸動」兩輯構成的這部心靈小品，共收集了一百四十篇作品。第一輯份量較重，但每篇作品字數也不過千字；第二輯的篇幅更見精簡，悠遊於百字與四百字之間，最多文字也不過六百，稱得上短小精悍，包羅萬象的佳作。

心靈小品有別於一般流行的雜文。流行雜文大體上針貶時敝，潑辣嗆喉；有時指桑罵槐，氣焰沖天的狂勢。因此，雜文常引起文字的爭辯，一來一往，有時經年累月，糾纏不清。心靈小品也帶有褒貶時敝，感時剖事，不平則鳴的內含，但用詞遣字，不溫不火，令人讀後心誠口服。一介書生的清強，文如其人，他在處理題材方面，無論是觸景感懷，評議論事，都以他一貫的處世態度梳理文字。這裡我們且看他在大雨中〈水供中斷〉一文如何解決問題：

我們時時刻刻都得接受不合理的事，學習如何去應對，埋怨是沒有效果的。不如沉著應付，用些喜巧和智慧。

突然間，妹妹叫道：「我明白了！」隨即衝向廚房，拿了一個水盆，放到屋外空地上，盛雨水去了。

善用智慧，即時有水，比起聲嘶力竭大罵水務局，更加實際。清強的心靈小品，不用潑辣尖酸的詞彙，他以溫馨，祥和化解所有的不滿與怨怒。雨中斷水，清強利用反差效果，融化了一個現實生活中的疑難。這篇短文映證了清強善用文字，也善用智慧。

孜孜不倦的清強在杏壇耕耘了數十年，教學經驗豐富。但是，無論從他過去出版的著作中審視，或以今年這本《心眼的景致》去解讀，他從來不板起臉孔訓話，或於行文運字中刻意搬出教條來炫耀自己的博學多才。這部小品更展示了他的悠游從容，不急不緩，他的文字如清澈的涓涓細流，如潔白的蕩蕩雲絮，給讀者一種飄然的閒適感。即使是煩惱憂傷的事，清強也同樣以輕鬆愉悅的筆調去鋪陳，去面對，去承接。且讀他下面幾段文字：

人生最幸福的事，應該是無病無痛，快樂自在的成長，像一棵樹，長在適度水土光熱的環境裡，一日又一日地蓊鬱蔥蘢起來。〈病有所思〉

現在閱歷多了，對現實的殘缺反而可以淡化處之。月滿人圓，舉杯可醉；這種佳境遇不到，則退而求其次，獨酌寄情懷，至少，前頭還有美好的情事可期待。〈月滿人圓幾時有〉

一天的生活，從早晨開始，有個計劃，就彷彿太陽有個方向，車輛有個軌道，可以有個走下去的從容。〈策劃〉

這就是精簡的小品文引人之處。就因為精簡，題材處理，語句壓縮，更加嚴謹，寫作難度也更具挑戰。然而，生活閱歷豐富，謙遜不傲，虛心求進的清強，以他幾十年來的練丹堅持，對小品文的創作游刃有餘。他交出這百多篇佳作，是他多年來從事散文，新詩，童詩之後，再以小品文的形式呈獻給讀者的成果。

冰谷

二〇〇九年十一月三日　雙溪大年

目次

匆匆的景致

目次

目次

柔美的觸動

目次

匆匆的景致

是非與誹謗

是非

有人的地方，就有是非。是的是自己，非的是別人。

有是非，就有爭執、糾葛、動亂、不安……越堅持己是人非，就越容易起磨擦，製造爭端。

有的眼睛似乎是生來看別人的過錯的，於是，這人不是，那人不對，若非據實客觀的論斷，爭紛必起。你能數落人家，人家也可戴上有色的眼鏡來看你，盡挑你的缺點，刻意惹是非。自己的缺點，怎樣也看不到。

很多是非爭端，皆是意氣用事，感情偏差。新仇舊恨，你做初一，我做十五，衍生出綿綿不盡的煩惱。過於在意和計較我是人非，心不能平氣不能和，煩惱何時能盡？

誹謗

要誹謗一個人，何患無詞？編織一些故事，繪聲繪影，套以莫須有的罪名。

無中生有的言論，頭腦簡單的人會相信，對當事者有偏見的也言之鑿鑿，加油加醬，以訛傳訛。

誹謗一個人，將他貶低，將他塗黑，將他打入冷宮，或為報仇，或為妒忌，不願見到對方的茁壯，不利自己。

智者卻不會因謗所惑，誤落圈套；時間也將彰顯事實，清者自清。造謠者不必高興得太早，受謗者容忍過了一時的屈辱，將是雨過天晴。

天下無新事

天底下沒有新事。真的？

那麼，報章上天天出現的新聞，又是怎樣來的？

是新聞，當然是最新發生的事囉，怎能說天下沒有新事？

只是，現在所出現的新聞，卻往往似曾相識。奇怪！哪裡見過？哪裡聽過？

生老病死，國家社會家庭的變化，糾葛爭執動亂，天災人禍，打殺傷亡……今天自然有新聞報導，昨天前天的報章也不過如此；翻開十年二十年前的舊報，也有同樣的「內容」……天下真的有「新」事嗎？

天下的所謂「新」事，往往不外是歷史的重複。是的，新聞不過是歷史的重演。

不同的時空，同樣的事變，同樣的人性。

不同的時空，演繹著類似的人生場景，生活內容。

從前的悲劇，現在換另一些人，同樣的上演。

人類，彷彿並沒有從歷史中汲取多大的教訓。於是，從前的悲劇，現在還有無數人在重複著。的確，如果單看人性，天下真的不會有多少新事！人人追看新聞，到底多少人有真正的領會？

私心過重的朋友

朋友告訴我：與某某君點頭招呼可以，更進一步剖心深交就很困難。

朋友所舉的理由是：某某君私心過重，時時占朋友的便宜，處處以滿足自己的利益為大前提。

私心過重的人，只想從朋友那邊得到好處。能夠一再地給他好處的，他當然會認為是好友。有一天別人無法再滿足他的需索，他就可能與之疏遠、冷淡，漸漸的朋友也沒得交了。

有的人對這一種利用你之後就將你置之不顧的朋友，感到十分灰心、失望，有的悲歎道：大概是自己生錯了眼，才會交上這樣的朋友。有的「一朝被蛇咬，十年怕井繩」，對友情不敢再存有樂觀的期望。

當然，並非所有朋友都是私心過重的，與一個人能夠友誼永固，這個人必然有他值得我們欣賞和欽仰的地方。或許是他的才華，但更可能的是他光明磊落的情操，樂於助人的品德。換言之，此君不會「自私自利」，可能還會仗義行俠，助人猶如進行一項本份工作。

測試

朋友是互相敬重互相照顧的，相輔相成，有難同擔，有福同享。朋友是互利關係，不是一面倒的情勢。這種偏差是一般人都不能接受的。

有位私利心重的「朋友」，古靈精怪，常常在有意無意間顯露出他內心貪婪的意圖。有一回，幾個朋友坐在一起談天，他突然開口問其中一位朋友借行動電話：「請借我你的行動電話急用一下，有要事要聯絡一位朋友。我的行動電話剛好留在家中，忘記帶來。」朋友借了他行動電話用過之後，不久，電話機響起，聲音來自他的褲袋內；他站起來，跑到一個角落，回應那個「叩」

了，大家一陣驚愕：剛才他不是說自己的行動電話沒有帶來嗎？他不是借了朋友的行動電話聯絡了朋友嗎？

他回到自己的位子時，臉不改色，只說：「我以為自己的行動電話沒有帶來！」大家面面相覷，信他耶？不信他耶？往後，對他的言行，大家特別關注，以印證大家對他人格的結論：唯利是圖，貪小便宜。

這樣的「朋友」，豈能深交？

有的「朋友」，當他有經濟困難時整天死纏住你，求你伸出援手，幫他解救；當他時來運轉，飛黃騰達時，就避開了你；當你有困難而找上他時，他千萬個推搪，對你冷漠以待。你還敢把他當朋友嗎？

私心過重的朋友，不交也罷！

不快樂

有一些人，生活得很不快樂。不快樂的原因，不是他們沒有工作，收入不豐，也不是他們享受不到一般人所擁有的物慾生活。換句話說，他們也像平常人一樣，生活富足，物慾不匱乏。他們不快樂，只因為事情不論大小，動不動就拿自己跟別人比較，然後自覺不如人。每一次，當感覺到別人比自己好時，他們就感覺到上天對他們不公，沒有特別眷顧他們。

愛比較的結果，心便一直不平、不定。別人比自己好，覺得很不是味道，很委屈。別人得了幸運獎，自己沒有，覺得自己的運氣怎麼總是不如人。別人成功了，自己沒有，也會心理不平衡，妒忌別人，感覺到別人所用的手法可能不夠光明正大……種種的情況，都可以把自己壓下去，使得自己鬱鬱不得意。

有一天，自己得獎了，成功了，也會想：為什麼別人沒有前來祝賀，沒有給自己熱烈的掌聲，是不是別人看不起自己？於是，也不快樂了。

一個人不想擁有快樂，快樂怎會蒞臨他的身上？看別人，想自己，諸多怨尤，諸多不滿，要求多多，怎有滿足的時刻？怎會快樂？快樂是一種心靈的富裕，知足的狀況。快樂是一片祥和，不計較，不和人比高低，不快樂的人，沒有這一切。他們的確沒有什麼修持的工夫。

盡本份

朋友間不乏當教師的，有的見了面，牢騷多多總是說教師這碗飯愈來愈難吃了——工作多，學生不聽管教，而薪水也不吸引人。對於這類老師，我總是覺得他們是很可憐；教書教到這麼不快樂，真的是精神上一種很大的折磨！真的是社會虧待了他們呢？還是他們本身也有值得檢討的缺點？

對於那些牢騷過多，鬱鬱不樂的老師，我實在不敢跟他們談得太多，因為害怕他們的情緒會感染到我，使我對執教這一行也感到悲觀和失望起來。當然，我很清楚當今的老師不好當，但是，我卻不希望他沉溺在悲觀痛苦中。只因這種情緒，難免也會帶給他們負面的不良影響，萬一發洩在身上，不但學生會遭殃，老師的形象也必會更加的大打折扣。

最近又碰到一位當教員的老同學，態度積極，言行間對自己的工作充滿了期許和美麗的展望。我問他：「學生尊敬你嗎？同事間與你合作愉快嗎？家長對你有不合理的要求或批評嗎？……」

他說：「對我來說，外在不良因素當然得設法克服，但並不是最重要的。重要的是：我必須盡心盡力地把本份的工作做好來。」

「你能說得更清楚一點嗎？」

「本份工作，就是盡責任、教好書、以愛心關懷學生，陪著他們一齊成長。我必須確保自己時時積極、樂觀、做對的事，才能讓學生們正常的學習，正常的成長。」他的話，的確使我感動。我從他誠懇的談話，認真的眼色中，看到了孩子的希望。

我想：當教員的，只要真正獻出愛心教育下一代，他們的確不必在乎別人怎麼講，是否尊敬他們。先尊敬自己，再敬業樂群，就能造就人間希望。

明天會更好！

又到了歲暮，一般人回顧過往，前瞻未來日子的時刻。這時刻在腦海中產生怎樣的意識形態，都必然會影響將來腳步將跨過的歲月。

進入了二十一世紀，世界似乎更多的暴戾和災難。天災人禍，時而有之，美國九一一的殘暴事件發生了之後，阿富汗烽火連天，以色列和巴勒斯坦的衝突也變得更尖銳化。與此同時，專家們對未來的世界經濟發展並不抱著樂觀的態度。單從這幾個角度去看世界，我們很容易產生悲觀的思想，認為世界再也好不到那裡去。

然而，悲觀衍生消極的行動，對世界的確沒有什麼好處，較正確的態度應該是積極和樂觀的——誠然，由於世人的無知，對世界所造成的破壞已經很大；然而，只要大家心不死，始終保持著一絲希望，我們人類還是有辦法來挽救局勢，拯救地球，改善世局的。在仇恨暴虐的情緒充斥的疆域，我們要向他們灌輸愛與寬容，自助也助人，自救也救人。世界有愛心的大部分群眾應該行動起來，把愛傳播出來，在每個人的心間發芽、生根，當人人有愛、愛自己、愛他人、愛眾生、愛地球，愛支持我們存在的宇宙的一切，我們還是有希望的。讓我們祈求，明天會更好！

自愛

做人最可貴的是自愛。自愛是自我肯定，自我尊重。自愛是生命源源不絕的力量，來自內心的深處。換言之，自愛的人會發揮藏於內心深處的潛質，是一個最善於讓生命成長的人。

大人教導小孩子，多會敦促他們自愛，有的還會加重語調，說：要潔身自愛。的確，能潔身自愛，最能發揮完美的人格。潔身自愛的人，絕對不會做出有損於自己尊嚴和人格的壞事、醜事。自愛的人會發奮努力，力爭上游，在學業上或事業上作出最佳的表現。

自愛的人懂得要有良好的德性，發揮各種美德，如誠實、清廉、樂觀、積極、無私、愛人、助人……自愛的人會憑藉這些良好的德行照顧自己的名譽，並珍惜生命，為自己也為別人作些好事。

自愛的人除了力求上游之外，也會豎立「服務他人，回饋社會」的高尚情操。愛人就是愛自己！懂得自愛的人，不會讓私心蒙閉了自己心靈的眼睛，使自己被煩惱圍困住。相反的，他會去關懷別人，協助別人肯定生存的意義。助人是快樂的，這快樂會感染自己的情緒，使自己體驗到愛心發揚出來時的幸福。

戲

戲院關門大吉，社會已不時興看戲這一套了。想來，演戲的人應該賺不到飯吃了。實際上並不如此。香港、臺灣、中國大陸，甚至本地的演戲者，還是大有好劇上演，天天張羅、排彩攝製，演來也算是不亦熱乎也不亦樂乎！原來，戲院雖無生意做，人們躲在家舒適的廳堂，打開電視或錄影帶，猛追連續劇，樂此不疲。演戲的人何怕沒有客戶？

其實，縱使不熱衷於坐在大廳涼室中追隨連續劇的發展，人間社會每天上演的真情實劇也夠人看得眼花撩亂。莎士比亞說：人生是一個大舞臺。的確，開門七件事，誰不是想辦法盡心盡力地把每天份內的角色扮演好來。當今時代進展一日千里，市井小民的淚眼哀歎已沒有多大的看頭。比較吸引人的倒是有權有術有錢有勢之輩所炮製的連場好戲，以政治、經濟、人文、教育等等的角色演出，真假是非，好壞對錯，不時都在考驗我們觀眾的眼力和腦神。一不小心，可能就會被某些維妙維肖的上上演員轉移了視線，以為他們所代表的才是真相真理，而忽略了實際的情況。傳媒發達又怎樣？傳媒也可被利用來宣傳真做的假戲。這時代，真真假假，更加沒有一定的準繩了。

人生無常

每一天，總有人走完人生這條路，或仆倒，或掉隊而去。彷彿才一眨眼間，就有一個又一個人生長征的友伴走進了歷史，成了大家悼念與懷想的物件。

人生苦短。生命什麼時候結束，有時候來得實在太突然了，沒有預告，沒有警鐘。

突然間，一個生命了結了。有時發生得太不合乎常理了。這種情況，使人措手不及。

是病倒不起，還是意外喪亡，往往，都會在活著的人的心間激起陣陣的漣漪，讓人感歎不已！

人生無常！只有智慧超眾的才會說：「當我們誕生的那一天開始，我們的腳步就逐漸的走向墳墓。」還有：「生是不肯定的，死亡是肯定的！」這樣的認知，是悲觀呢，消極呢，還是現實？

或許，這一切都不重要！重要的是：在有了這樣的認知之後，怎樣去生活，怎樣去面對人生！

揮霍無度，「享受」酒色人生，是否能給人真正的寬慰？

還是珍惜生命，把握人生，好好地拚搏一場，奉獻所有，更值得讚嘆？

選擇權，在各自的手中，在各自的心間。

忙與幹勁

的確是在越忙碌的時刻越能做很多事。

心閑意懶的時刻，最不能做事，也做不成什麼可觀的事。

我們常說：「呵，現在很忙，這件事暫時不能做；等我有空閒的時刻才來做。」看是合情合理，實際上未必能做到。這往往只是不願去做一件事的藉口。

一般的情形是：忙的時刻不能把工作做好，當清閒下來的時候，更不必說了！

看是奧妙，其實也未必。

當一個人忙的時候，衝勁最大，精力也最充沛。如果願意去做某件事，他一定能在忙中安排出時間來。

不願意去做，再空閒也未必能做得出來。

有的人能日理萬機，因為他願意去做，滿胸臆的幹勁。於是，再多的事，他也能一一料理清楚；他能做出比平常人多幾倍的事。

一旦清閒鬆下來，衝勁沒有了，幹勁也未生起。因此，讓時間軟綿綿的飄過，沒有完成任何大事。

很多人的豐功偉業，他們的偉大成就，都是在忙碌中做出來，成就了自己的。

好習慣

香港作家梁鳳儀是一位最會善用時間的人，常常可以同時進行兩樣甚至兩樣以上的工作，分秒必爭。在眾人歡宴交流的時刻，她一個簡單的藉口，可以安下心來，提筆疾書；乘搭飛機，安全帶一綁好，她也可以攤出紙和筆來，馳騁在文字的世界裡。簡而言之，在人多的地方，並不妨礙她寫作；看來是長長漫漫的飛行時刻，她一點也不苦悶。她的商務很繁忙，著作可以源源而出，哪來的時間？她的每一天當然不會比別人多出一分一秒。然而，由於她善於爭取、利用，養成了好習慣，別人不能做或做不到的事，她能做也做到了。結果，她比別人做出多幾倍的工作，卻一點都不困難。

很多成功的人士，都有這種本領——在別人苦悶地或無奈地虛擲時光的當兒，他們卻從不放棄用來進行對自己事業有利益的事。對很多人來說，等車等朋友的時刻可以一卷在手，吸取知識；在排隊等付款的時刻也可以翻書閱讀。只要養成好習慣，就無時無刻不能閱讀進修以增廣自己的見聞、知識。寫作的人，隨身一本記事簿，可以把眼觀耳聞的東西記錄下來，作為資料；繪畫者一本素描冊子，也可以隨時取景摘下最具深意的鏡頭。我們不管到哪裡去，如果能夠隨身攜帶一、兩本書，就不怕在必須等待的無奈時刻浪費時間。

有的人在人聲吵雜的環境裡不能閱讀，也不能寫作，那是多麼吃虧的一種習性。想讓生活過得較有意義的人，就應該學習去克服這種缺點，把精神集中起來，不管環境如何，想做什麼事，都可以一鼓作氣的去進行。當一個人能夠在吵雜的咖啡室等待約會的朋友到來時，一心閱讀手中的書，或者是提筆在稿紙上抒寫自己的心得觀感，沒有掛礙、沒有困難，他的生活一定會過得充實、過得美好。

美好的生活，是由各種好習慣支撐起來的。好習慣是不浪費時間，而能提升自己的工作效率的生活行為。及早養成，多多益善。

追求

世界猶如一個百貨市場，提供給不同的人不同的貨品；人的需求各不相同，消費的能力也有差異；因此，走進百貨市場的人們，未必個個心態一樣；所選購的貨品，也無法人人相同。

世界寬廣而繁雜，正好可以容納各種各樣的人；性格與品味人人不一，因而每個人都各有不同的人生理想和追求。可堪追求的東西，對每一個追求者來說，都是美好的。當人們有了追求的目標，未到手的，自然全力以赴；手到擒來之後，可能格外的珍惜，也可能覺得不過如此。一個人會否因而改變追求的目標，就看他對追求到手的東西的滿足感到何種程度。

人生百態，一如其面。有的人瘋狂的追求名利權位；有的追求自由自在、無拘束；有的追求感情生活的富足，有的呢，追求虛幻不實際的夢想……有的人目標既定，就全心全力的付出；有的呢，吊兒郎當，追求這追求那，最後什麼也沒有得到。有的人認為金錢與物質是快樂的泉源；有的推崇真理和宇宙真相；有的人我行我素，視世間的榮華富貴如無物……

你追求的又是什麼呢？你曾否花了幾十年把理想兌現之後，忽然覺得自己所追求的東西太膚淺和幼稚了？那麼，怎麼辦？是否再訂下目標，重新追求過？

感激被拒

在生活中，樣樣事情都順利的人是絕無僅有的；一般人辦事處理問題，有困難的時候，也有順遂之時。順利成功，一般人都會欣然喜悅；困難阻擋，挫折失敗，對一般人是一種打擊，也是不快樂的根源；有的人因而怨尤氣餒，心間諸多不滿，甚至一口咬定是自己受到不公平的對待。

一些事情，我們卻希望得到別人的幫助，別人不但不幫助，可能還從中作梗，對我們的進取造成更大的障礙，結果，我們失敗以終。內心想起，最是憤慨不平，對人有恨，對時代社會也產生消極的看法。在失敗之後，幾個人能夠坦然接受，並感激那種挫敗的感覺？

何乃健在〈激被拒的機緣〉一文中說：「到檳城購物時路經威利斯小學，我指著那幢典型的殖民地建築物對孩子說：四十八年前，如果這間小學肯收留我，今天我可能只會以英語來跟你們交談了。

我深深感激那位拒絕我入學就讀的校長，我也深深感激被拒之後反而為我帶來了更多收穫的機緣。」

何乃健因為威利斯小學不收他為學生，結果進入協和小學，得以學習中文，並逐漸的在這個天地裡創造出一個燦爛的春天來，他感激進入英校被拒的感受是真切的。

生命中，我們在不同的時刻，不同的地方，都有被拒絕的可能。名額滿了，被拒；表格填錯了，被拒；時間不對，進不了門；甚至是自己突然間有了意外、病痛，也只有眼巴巴的看著別人搶走了我們的機會……面對這種種的生活現實，如果只會一味的埋怨、怪咎，可能就會煩惱無邊了。其實，被拒絕，失掉了機會……未必一定對自己不好，也未必如表面上看來的不利於自己。一個機緣閃過了，可能引發另一個契機，只看自己能以什麼樣的心態去迎接、把握。就如何乃健所說的，如果不是當年他進不了英校，當今他就沒有在華文創作上的成就了。得失並不單單從表面上呈現出來的那麼平板、簡單。

有智慧的，真的不必太過在意自己謀事不成、尋人被拒，以及機會讓別人捷足先登了。沒有被拒，可能就不會有更好的機緣的到來。因此，挫折與失敗也應坦然的欣喜的承受，並闊步向前，更好的門徑可能就等著我們，何必因為怨尤而蒙閉了雙眼，見不到新的契機。

能時時感恩，天地多麼美好，生活多麼闊廣。

身閒心不閑

週末，約朋友到海濱別墅度假休閒，他滿口答應。朋友從事多種業務，是大忙人一個，因此，對於他的應允，我不免有點不大相信：「你真的能夠去？不會太為難你吧？」

「我就是因為忙，才想找個週末放下一切，好好地休息一下。」他以肯定的語氣說。

「那就好了！」我不免一陣驚喜。「工作的時候拚搏努力，週末的時刻好好地休息。」

「老實說，我已經很久沒有度假休息了。」他突然間以嚴肅的神態向我說。

「這我相信，希望這一回你能真正的過一個清閒的週末。」

週末到來，是他一大早就開了車把我載到海濱別墅去的。到了海濱，他從車內搬出一個行李，一架手提收音機。此外，我發現他腰間還掛著一個行動電話。

在別墅安頓了一切之後，我們坐在樹下的石椅上吹海風，聽浪潮擊岸而來，眺望碧藍的海，碧綠的天，在遠方連成一體，不知哪是天、哪是海。此時，車囂不再，人聲遠離，是可以忘憂而進入物我合一的境界。既然是說來這裡休閒，我所追求的這一種悠望無我的境地，嚮往山郊濱海的環境已久，暫且好好地珍惜吧！

朋友的行動電話忽然間響了，他接聽，跟對方談了很多話，生意上的。過後，他想想，覺得有些事非即刻處理不可，又撥電聯絡了幾個商界朋友，交待這樣、吩咐那樣。而後，他才靜下來，行動電話又響了。看他忙於答機的模樣，我想，他哪裡還有心情「休閒」？

最後，我點醒了他一下，「既然是要來休閒的，為什麼不把行動電話關了？為什麼還要讓每天碰到的煩惱來干擾你？這樣，你又怎能讓心靈沉靜下來？」

他說：「關了行動電話，我可能就失去了很多商機！」

既然這麼放不下，哪裡算是來「休閒」呢？

俗事纏繞，身閒心不閑，這應是當今城鎮人士的通病吧！

生命的活力

生命的活力蓄勢待發，用在完成自己的事物上，也可用在協助完成別人的事情。一般人為私己事務勞碌，天經地義；然而，人生並不單單只是個已存在的這種狹窄觀念罷了。人生是一個廣大無邊的疆場，我們的存在就猶如沙漠中的一粒小沙、塵土中的一滴小泥，或者是海洋中的一滴水原子罷了。看似渺小，不重要，但在組成整體的角色上，卻重要得不得了。因此，每一個生命都有其存在的力量，都有可以扮演好的角色。

再打個比喻，人生的操作猶如一件大的機械，我們每一個人只不過是構成這幅機械的一小部份罷了，可能只是一個小小的螺絲釘，一塊不起眼的鐵片罷了。你說這螺絲釘、這鐵片不重要嗎？拿掉它們，整個機器可能就不能操作了。因此，不必小看自己，渺小也有它偉大的所在，重要的是：在各自崗位上，我們是否認真的去把我們的角色扮演好來？

一般做父母的總是鼓勵自己的孩子發大志、做偉人。基本上這是沒有錯的，不過，自己的孩子是塊怎樣的料，也應有所認知。如果孩子是塊上等的料，不可埋沒，一定要讓它的潛質發揮出來；如果孩子不是這種「偉大」的料，也不必自棄，善加栽培，也可以在社會扮演適當而有份量的角色——做個交通警察、當個售貨員……都可以在社會這個大系統中獻出力量，成就群體的事業。

社會上的每一個人，其實都有各自的角色好扮演。生命的活力是促進美好人生的推動力。活著，總是「我為人人，人人為我」的，要隨時發奮努力，改善自己的技能、學識。與此同時，心懷大眾、協助群體事業、改善社群的福利，人人為了我的存在而奮鬥，我也應該為了帶給別人一些美好的生活而盡力。

生命的網，每個人都息息相關。不必自視過高，也不要小看自己。

提醒

每次出門，母親總是一再的叮嚀：「小心駕駛，不要開快車。」她的叮嚀是一種提示，一種關懷。

生活中，一些理所當然的事，一經家人或別人的提醒，變得格外的溫馨，有意思。比方說，與友人見面，他隨口而出：「你吃飽了嗎？」這種「提醒」其實是一種問候，是親切的關懷。如果你認為對方問得唐突，那就不解風情了。

小時候，做父母的總會跟兒女的耳提面授：「出外時，過馬路要小心。」「不要參壞朋友。」「不要亂吃東西。」……句句對孩子來說，都是提醒，都是要他們學好。孩子學好了，可以自立了，讓父母覺得放心，「提醒」的話可能就會少說一些。

只是，有的父母，始終看不到兒女長大，始終不會對他們覺得放心。是，到了兒女已經可以照顧自己的時刻，他們還是對之一再的叮嚀、咐囑。

關愛兒女，提醒兒女為善是對的，是父母心腸吧。很多做老師的，也有父母的這一片心腸。對學生平日的行為，他們當然是一再的教誨、提醒；到學生面對考試時，還是句句叮嚀，要他們溫習功課，要他們答得好，也要他們放鬆心情，自然的應付，父母心腸的老師，關心學生像關心自己的孩子一樣。提醒得多了，有的學生還會嫌老師「囉唆」呢！

生活中，如果時不時有個人來提醒我們這提醒我們那，表示還有人關懷我們，在乎我們，我們是多麼幸福呀！就好像我們駕車上險路，有個人坐在我們的車旁，給我們提醒險灣，突然浮現的洞窪等等，彷彿我們多了一雙眼睛，一對耳朵，該怎樣的感激和感恩啊。

我們也時不時得藉助其他事物來提醒我們做一些該做的事。如清晨的鬧鐘響，提醒我們及早起身，以免誤時；又如我們的幾前牆頭，貼上了一些名家的嘉言勵語，可以提醒我們發奮努力，把握時間與生命。有人有東西對我們作出提醒，彷彿我們多了一股作戰的力量。

翔燕

清晨的霞光中，眺望天際，觸眼的是一群翺翔翻身耍戲的燕子，來來去去，兜著圈子，唱著啁啾澈亮的歌兒，身輕姿美，敏捷的行動，讓人感受到他們的快樂。

群燕沒有瓊樓玉宇，沒有黃金縛身，為什麼會這麼高興？是歌吟朝陽的初露？是因起得早，捕食清晨的飛蟲有了美好的豐收而禁不住舞湧歌吟？還是，展翅滑溜出去，這片廣闊無垠的天地叫它頓生開暢起來？

翔燕是開懷的，就如它擴展開來的翅膀一樣，舒展著無限的想像。屹立一旁的我，忽然把自己想像成其中一隻翔燕，起落自如，不緊張，沒壓力，要怎樣溜就怎樣溜，要怎樣和清風戲耍就任其揮灑……啊，我感受到天地的廣大了，我體悟到什麼叫做自由了。

一片無垠的天際是自由的條件，珍惜與享有這片自由是快樂的泉源。快樂的，是沒有束縛的心，不是披金戴銀，名韁利鎖緊縛了自己。

思想決定行動

有怎樣的思想，就會有怎樣的生活。不甘寂寞，喜歡熱鬧的，會走向人潮，會擠入聲色犬馬的場合，與大夥兒一齊鬧，一起瘋。時不時會找一些人，或朋友、或新交，一齊喝酒唱卡拉ＯＫ，或者開個舞會宴請之類的。有人有歡鬧，他就快樂。另有一些人，平日生活不願受人干擾，於是，選擇靜謐的環境，過獨自思考悠遊的生活。

有的人認為別人都不是好東西，沒有一個是信得過的。於是，待人接物總是帶著一顆不懷好意的心，處處提防人。別人對他沒有什麼惡意，他也可能把對方的行動與某些不良意圖扯上了，產生諸多的誤會、摩擦。相反的，那些對別人有感恩心，滿懷善意的，不但會對別人好，還會對之感恩和包容，處處為別人作想，不會增添別人的麻煩。這種思想好、心也好的人，往往能廣結善緣，促進良好的人際關係。

的確，思想決定一個人的行動，思想積極的，往往會採取妥善的行動，解決問題，思想消極的，不但不會採取好的行動，也可能進一步採取破壞的行為，給人製造困難。有的人認為自己的尊嚴十分重要，受到別人的指點責問，就會想辦法報復解除心頭之恨。這種人如果當起了一國的領袖，則計較尋仇，可能搞得天下雞犬不寧。為報復而上臺領導國家的，恐怕人們的日子並不會好過。反之，心懷眾生，慈悲為懷的領袖，不但能解決人與人之間、國與國之間的問題，也肯定不會製造不必要的問題。正確的思想，促成有效率的領導。

正確的思想，如果成了生活的座右銘，就能產生良好的生活習慣。比方說，愛人如己的思想，往往催生關懷與肯助人，樂意服務眾生的生活習慣，要培養良好的生活習慣，應從培養良好的思想做起。

惡言

開口總是批評人的，眼中所見到的，都是別人的不是、錯誤。一開口，就在告訴別人，自己是多麼的了不起，自己高高在上，自己的思想，多麼正確。批評了人家之後，尚且不足，還要諷刺人家，咬人家一口，用最刻薄的話挖苦人家。

這種人的心胸肯定是狹窄的，狹窄得容不下別人一丁點兒的好處，這種人的思想是閉塞的，閉塞到裝不下人家一點點的異議、創見。

有的人可以先入為主地憑一個事件的印象就斷定了一個人的好壞，這絕對是成見。成見往往造成一個人對另一個人不懷好意，甚或是產生敵意。出口噬蔑、破壞，妄下定論，無中生有……多麼可怕的心態，也是多麼可憐的行為。

為什麼只能看到別人的缺點呢？為什麼不能對別人好一點，出口不講可以傷害到別人感情的話？做人的心胸要儘量開放，才能夠欣賞別人的優美；而不是妒忌別人的成就，再惡口惡言地嘲諷貶低人家。

懶蟲

有一種蟲藏在我們的心間，時不時發作一下：慵懶難堪，彷彿打了麻痺針似的，倦舒舒的、精力消散、欲振乏力。隱隱中有一道聲音：休息吧！讓一身過勞的筋骨歇息吧！任何的操作，不在這一刻；任何的思緒運轉，也不該在這一刻。這一刻思想告假，且閉上雙眼，神遊幻境吧！

這蟲，蟄伏著，蠢蠢欲動，伺機發作。

我一向都不是勤奮忘我的勞作者。事情到了緊要關頭，逼不得已，只好啟動肌能，全力以赴地進行最後的衝刺。分秒必爭的結果，精神被拉緊，也能體受到專注的奧妙。只是，工作一完成，責任也了；爾後那伺機而動的小蟲又來了，潛入心頭……

小蟲一啃入心脾，就猶如戰場上的人豎起了白旗。認輸了。沒有能力再赴前繼後了。常常是一陣勞動之後，它就來了。那幾根被牽扯的神經，中了魔似的，催眠般的，奉持著「無為清靜」的信條，不想再有什麼轟轟烈烈的作為。此蟲一起作用，威力無比，什麼東西都不想做了，只想好好地神遊太虛幻境一番。先讓眼皮蓋下來，呼呼而來的浪陣，正好催著人，無限清涼的境地，投入吧，一個下午，一個晚上，還是一個假日，就可以投擲出去了。這樣的自我神遊有許多名堂，鬆弛也好，休歇也罷，恢復精力、元氣也可……都讓這潛伏在內心的小小毛病牽制著。是善用時間呢，還是浪費光陰？或許，人生有種種的層面，對於某些不得不隨意而拋的時段，實在不必太過認真。沒有失去那些疲勞，就無法獲取新的精力。

怕只怕這心中小蟲蠢動得不是時候——當朝陽初露，正該提起精神作出威猛的衝刺之時，卻不想動，蜷伏在暖暖的被窩裡，迷糊得多可愛。錯過了美好的時光，不得了！再下來怎樣拼搏，也補償不到。

因而常常想捉拿心間這伺機而動的小蟲，能除多少就多少。陽光正烈，青春應積極地為事業的建設與成長而閃爍希望。這懶懶的小蟲也伺機來造作，苦矣。

善用生命

生命的意義是什麼？稍微敏感一點的，都會在這生命的旅程中，隨時隨地的探索、尋思。

我們的生命一定要對這宇宙人間產生善的、積極的作用，成為好的力量的參與者，在濟世益人的事業上有我們奉獻的角色。

生命隨緣運作，去惡行善、利益他人，也成就自己。

傷天害理的事，對人無益，對自己也不會有什麼好處。多做多損。私心過重的人，為達目的而不擇手段，沉淪苦海，一日不醒覺，生命也就一日腐蝕黯澹。

或者是：沒有目標，沒有方向，只是糊裡糊塗的混日子，生命存在與不存在，完全沒有兩樣。這樣的存活，當然沒有什麼意義。

好像一個水桶，拿來拋擲他人出出氣，或者顯示自己的權威，當然不對，但如果收起不用，讓其封塵或腐損，也是沒有意義的。

水桶要盛水，才有其價值，所謂物盡其用。它啟示著我們：生命要善用，才有價值。

善用的生命，是能發揮良能，能對家國社會與人類作出貢獻的生命。

變與無常

遇到不好的事，希望它快快的過去。如果它糾纏不走，那可就苦了。人間沒有恆久不變的東西。再艱難困苦的日子，都會成為過去。俗語說：冬天到了，春天還會遠嗎？

黑夜進入了最深沉的時刻，就不必太過悲傷憂慮，因為：黑夜過後，就是曙光璀璨的黎明。

有的人熬不過黑夜，只因為缺乏那份耐性和信念。不能從黑夜中看到光明，大概對「世事無常」的領悟不太高吧。

愈早有領悟，愈懂得應變。不幸到來，困難呈現，也不會被嚇得手忙腳亂，身心軟化。

能把困難當作挑戰的，就看到了機會，也隱隱約約的見到了希望。只要沈著應對，不失初心，惡運總會逐漸改善。

人的希望，存在變與無常中。

當然，因為變與無常，當成功到來時，就要更加的珍惜與感激。不懂善用的話，當它過去時，心靈還是會空虛。善加把握，成敗都是一個過程，在豐富著我們的人生。

生命脆弱

不管我們怎樣逞強、怎樣倔強，人，其實是很脆弱的。像一根草，擺開在空曠的地面上，隨時都有受到踐踏的可能；也像樹上的一條枝葉，給其他人一摘，就會斷掉。

最近又有幾位舊友知交去世。有的是上了年紀，生了病，醫治不癒，一命嗚呼的；有的是在大家料想不到的情況下發生意外，枉赴冤死城；還有一位，患有哮喘病，不小心從購物中心的樓梯跌下來，就昏迷不醒，沒有什麼交代就離開了這個世界。

你說，人命是不是太脆弱了呢？

今天健康的人，到了明天，不一定還存在。說起來，有點可怕，有點悲觀，但卻是事實；誰也沒有把握公開向人宣佈：我不會死；在什麼情況之下，我都不會死。

死，隨時等在每個人的路途上，什麼時候吞噬掉這個人，不得而知。

做人，當然要拼搏存活，當然要爭取生存的機會。只是，能不能如願，天知道。

當然，人不能因此而害怕死；死，還是得去面對的。筆者說：我們一生所做的一切，就是為了追尋一個完美的生命終結，一個「好」的死——死得有意義，死得沒有遺憾。

要死而無憾，就得善於存活：要在有生之日，讓每一個活著的日子發揮好的作用；換言之，就是要善於把生命的時光，做有意義的事。

這樣說來，生命總要與他人做一些事，為人間留下一些自己的建設。有意義的人生，是奉獻己力為他人謀取幸福的生活，是付出而利他的。

一個人能做到這一點，不管什麼時候死，都可以減少很多的遺憾。難就難在於一般人總是對於追求個己的財富利欲，斤斤計較於個人的得失而與他人起爭端，甚至置人於死地。生來得不易，死又出現得太突然了。不曾善用這一生，怎能無憾？

生命太脆弱了，貪生怕死的人利慾薰心，又怎能給匆匆而過的生命一些光彩？

抽一口新鮮空氣

清晨起身，推窗，抽一口新鮮的空氣，感覺很好。

在匆促忙碌的日子裡，生活等於沒有多餘的閒暇去關注身畔的草木林野。每天在城鎮街衢裡賓士，所接觸的是污濁的空氣，是嘈雜的聲音，是計較不休現實得可怕的人的嘴臉，俗不可耐的掙扎著、蠕動著。

天天在物慾銅臭的天地裡打轉，習以為常。生活緊湊，也緊張，容或連一口新鮮的空氣是什麼滋味，也不在意了。

說是隨遇而安，在各種污染日益嚴重的社會裡謀生，能祈求什麼？

有時講話粗聲粗氣，滿口垃圾，把人噴得毫不穢辱，只覺煩躁不已！頭昏昏，腦沉沉！

最需要是一方淨土，撲面儘是新鮮空氣。

這清晨起來，一觸及就是：絲絲的風，新鮮的空氣，可吐納，可洗滌昨宵
還有沈鬱留住的腦袋。

新鮮空氣，隨著朝輝投射過來，震撼了我：迎前去，還有希望！

貧窮

說到貧窮，人們想到的是沒錢、饑餓潦倒，失意和痛苦。當今社會繁華，肯拚肯幹的都有三餐可溫飽，物質之窮，已不普遍。但聽一些人言談，出口成髒；但觀一些人的行為，卑賤低俗不知恥。腦滿腸肥、衣冠禽獸者出沒街頭，這些人富有嗎？在精神上、品德行為上，他們可真正是貧窮者。

啟示

大海嘯來得太突然了，很多人都這麼說。好像不突然情況就會好一些似的。而我一個朋友卻說：不突然，好像早已策劃好了的，還成天災嗎？說得好像也有理。

我的一個鄰居，平日兩公婆吵吵鬧鬧的，都是為了家庭孩子等等的一些瑣碎閒事，一個嘴硬，一個不忍讓，沒有的事也可以雞蛋裡挑骨頭，鬧起口角來幾家人都聽得到。以前也有人去勸架過，但公婆倆都各有道理好說，人家愈勸，他們的情緒愈熾，最後，大家自討沒趣，懶得去理他們了。大海嘯發生之後，公婆倆各自和鄰里聊個不停，大家對世事無常、應及時惜命愛物的感懷大概也引起了他們的同感。接著下來的日子，就沒有再聽到他們為了細微事故而頂嘴爭吵了。鄰里的耳根也清淨得多了。使人驚喜的是：他兩老還並肩提籃一起上巴士、超級市場去購物呢！大家都說他們變了。有一天我在街頭碰見他們，便趁機打個招呼：「很高興見到你們和和氣氣、相親相愛的走在一起。」話說出口，我忽然想到，會不會給他們誤解了我的意思呢？而我已經無法把話收回來了。誰知他們幾乎同時開口道：「我們想通啦，現在不和好相處，等大災難到來時，來不及啦！」我聽後，先是一愣，繼而是一喜。忙向他們豎起了一個大拇指，贊好！我不知道他們所說的「大災難」是什麼，難道是指大海嘯還會重臨嗎？但我感覺得到：一次大海嘯，使他們有所醒悟和覺悟了。在災難面前，一切的恩怨執著頃刻間化空化無，還有什麼大不了的？還不如好好地把握人生，互相珍惜、相愛。

大家都說，大海嘯摧毀了人間的財寶和幸福，破壞了大家一手建立起來的家園；但是，對於像我鄰居這樣因大海嘯的慘痛教示而得到啟發，從而改善自己的心態和觀點的人來說，大海嘯在造成破壞之後，也建設了他們。改造了他們。

重新來過

一份工做得好好的，忽然覺得長此下去也只不過是「打一日工，領一份薪水」的上班族罷了，沒有什麼挑戰；於是，毅然的把那份工作辭去。決定自己創業，重新再來過。

能夠把一份月薪不錯的安定工作辭掉，的確要有很大的勇氣。支撐著他的，大概還有他對自己個性、能力、志趣的瞭解，對社會與事業發展的透徹了悟。一個人對於自己下一步棋該怎樣走還沒有主見，策略時就貿然辭職，那是糊塗和膚淺；然而，如果他有很好的策略，對於自己的前途發展也有了一幅鴻圖，那是說明他有自己的識見和智慧。只有在這種情況之下的辭職，才能算是比較有理性的選擇。

辭了職，到社會裡去闖一條自己的路、想開拓更美好的天地，重新再來過。雖是重新開始，但先前的經驗畢竟是重要的。此外，觀察與瞭解他人奮鬥成功的秘訣，以供自己學習，也不可少。勇氣加上志氣，肯吃苦，不怕失敗，就可以放膽的去搏一搏，拼出一片新的天地來。

有人說：創業要趁早。其實，也未必完全是這樣。年紀較長的，見的世面比較多，生活的磨練也使到自己更強韌耐苦，因此，重新再來過，膽大而心細，急智多謀，可以穩打穩紮。

還年輕的就轉業，好處是時間對自己有利，但是，社會經驗缺乏，待人處事也沒有那麼老練，接著下來可要碰的釘子，以及將面對的考驗，可多呢！

不過，只要意志堅定，年齡以及各種外在的因素都不應該構成太大的障礙。有困難反而可以激發鬥志。有意在事業上重新再來過的，鬥志一定要堅強！努力奮鬥，風雨不改，以求早日把夢想化為現實。

四季智慧

我一直很羨慕那些生長在一年四季溫帶國家的人民，認為他們的生活比我們熱帶國家有趣得多。他們時不時要調適自己，配合換季的變化。生活有變化就會激發新的衝擊，產生更美好的想望和期待，不像一年似夏生活的呆板、枯燥和單調。

人生需要變化。換季是大自然為人類準備好的禮物，帶動人們因時制宜，四季氣候不同，穿著與活動也隨著不同。人的局限是什麼，人能發揮的力量又是什麼，就在於人的智慧如何，人的智慧是通過生活經驗的催發、演變、調整而累積下來的。冬寒夏暖，春秋又是那般的柔美，因而在體受艱困寒凍的生活之時，可以咬緊牙根去克服，只因這一季之後，美麗的日子就要到來了。當春江水暖百花盛開時刻蒞臨，內心的甜美感受就更值得咀嚼和珍惜。

四季的體驗讓人更容易感覺到時間與生命的無常，該努力的，何不及時？已享有的，怎能不惜取？

因而我第一次出國遠遊之時，我選擇在冬天，到北國去，不是專程為欣賞雪花的純美而來，而是想深入體驗梅花熬受霜雪的那一種刻骨銘心。冬雪飄飄，白皚皚的一片，冷，誰不怕？然而，我就喜歡在那一片冷風刺骨的境地，保有一份清醒。我提醒自己，在生命的旅程中，醒覺和清醒是多麼的珍貴。

我因而也向生活在四季無常國土上的人民看齊、學習。他們適應環境的堅韌力肯定比我強。他們對人生的體悟，更是我興趣知道的。

於是，在北國的古城小鎮，我走入了人群中，我和他們打交道，從他們的談話和表情中去捉摸生活帶給他們的啟發。我想摘取四季變化所留下給他們的點點生活智慧，從他們的言行中不經意的流露出來。

唱反調

朋友W君，很喜歡跟人唱反調。尤其是當大家都盲目地追隨潮流時，他會站在一旁，冷眼旁觀，絕不跟進。當大家說：「機會難逢，一個錯過可能變成終身遺憾」時，他說：「寧可錯失也不要錯誤！」看來，他常有「眾人皆醉我獨醒」、「眾人皆濁我獨清」的風範。

又如，當今「終身學習」的呼聲響徹雲霄，很多人聚在一起都大談添購新書勤閱讀，他卻一點也不心動。他說：「讀了書就一定進步嗎？不見得吧，有的人腦筋僵硬，食古不化，讀書愈多愈不消化，掉個書袋卻不識做人大體！讀了書學不到好東西，就不必隨潮跟風。」好像一泓清冽的水灑下來，要把我們這些硬綳綳的腦袋澆得鬆懈些。

他又說：「都四、五十歲的人了，早就應該有自己的人生規劃和指標，要做什麼、該做什麼，一清二楚啦！要不要讀書，要讀什麼書，也不應該這個時候才來手忙腳亂吧！終身學習沒有錯，但總不能今天某大師來了就去報名參加，明天某位專才給講座也不放過，風從哪裡來，就被吹到哪裡去！也不想想自己的立足點在哪裡！這種湊熱鬧似的積極，不也是在浪費自己的時間嗎？自己沒有主見，沒有方向感，在這人生的競技場上，就還是沒有學到東西！」你不要以為他唱反調，給人潑冷水，就一定是個不可救藥的人物。像上述他所堅持的反潮流想法看來，對我們這些不再年輕、青春的熱情已褪的中、晚年人來說，倒是有相當的醍醐醒腦作用呢。原來，像W這樣的唱反調，也要相當的冷靜和清醒，不然，一味作反，也未必彈得出好調來。

滿天星斗

午夜後，放下手中的書本，信步走到天臺。是該就寢的時刻，卻沒有睡意。與其到床上點數綿羊，不如迎向清風，抬頭與那神秘的天庭作個沈默無語的凝視，讓閉塞已久的心開放與向空曠和邈遠之處伸展出去。

那滿天星斗卻燦亮得格外熱鬧。整個天好像鑲滿閃閃發亮的鑽石，細訴著千言萬語。我的心隨著我的眼光溜出去，去到每一位會說話的小精靈那邊，問安，問好。突然感覺到：我今夜的緣份太好了！千萬年的星輝，凝聚著人類千萬年的心路歷程，於今還在，於今還展臂向我絮聒著他感動，我何嘗寂寞？

久違了，萬里星空。記憶把我拉到那段躺在草地上細數閃爍星火的童稚時光。無邪加上夢想，那鄉野歲月最是難忘，卻已湮遠了。曾幾何時，工作忙，應酬多，為生計而勞勞碌碌，每天拖著個倦怠的身軀，盡往被窩裡尋求解脫。一年難得有幾次走到天臺，望月觀星想人生。日子是這樣糊裡糊塗地過了。忘記了星斗、忘記了大自然還有更美好的餐饗。直到從工作的崗位上退了下來，才知道我錯失了天地間太多美好的時光了。

就像今夜，滿天星斗湧入我開曠的心間，我不能沒有悸動。在涼風裡靜靜的沉思，我感受到天地的寬容、慈悲和壯麗。星光精靈沒有拒絕我，星星知我心，我卻羞愧交加。失去的，不能追回；當前擁有的，應當珍惜。我未入夢，卻有深深的沉醉。

與人有約

與人有約，是生命歷程中一件意義重大的事。約會，是一個美麗的期待、期許。第一次約會，是生命走出自我的小框框，伸延觸及更廣的層面，展開了與人交往、商議、合作、同步的活動。一回又一回的約會，生命起了碰撞，產生了漣漪，引發了變化。一次美好的約會，感受是興奮、喜悅，使人難以忘懷的。人際關係的許多美事，都從約會開始。尤其是異性間的約會，催生了一連串美麗的戀愛，因瞭解而結婚組織家庭，推展了生命的延續和職責。整個人類歷史的動力，從當初的邂逅，約會開始。約會開創了歷史，展現了多姿多采的文化活動。誠然，也有一些意想不到的約會：有的人一赴約就踏上了人生的不歸路，進入敵人所設陷阱，見證人性醜陋可惡的一面。有的約會是為了解決家仇國恨的大事件的，一人赴約，代表了全體群眾的利益。一般的約會，只不過是商業與社交性的活動，是人類日常生活所不欠缺的。今天，你與人有約，你就推展了一個生命的圖騰、一連串的故事。社會越複雜。人與人之間的約會，也就越不單純了。在治安不靖的地方，人與人之間諸多提防和戒備，若非熟悉的人，料不輕易赴約。只有在敬重和坦誠的基礎上，約會才不會變得疑雲重重，人心惶惶。人心不善，則連約會這等美好的事。也會蒙上陰影。思之心寒。

柔軟心

到古晉開會，順便參觀了當地著名的陶瓷廠，買了一個圖案別致的花瓶。店員知道我是外來客人，包裝之時特別小心，紙箱內除了鋪上紙張之外，在花瓶與紙皮的空間也鋪滿了剪得細碎的報紙紙屑。處理包裝的店員跟我說：包裝不可以太密實，用紙屑可以保有紙箱內的柔軟度，乘飛機搬運移動，花瓶絕對安全，不會因為碰撞敲跌而破碎。

回到家裡，打開紙箱，掏出紙屑，花瓶果然是安全無恙，連一點摩擦刮花的痕跡也沒有。

我想起陶瓷店店員的話：在包紮的時刻，保有物件空間的柔軟度，可確保它的安全。

人生何嘗不是這樣？在面對問題時，要保持心的柔軟度，事情就可以迎刃而解。

我們從小就被教導，做人要堅強、要壯大。因為這是一個物競天擇、弱肉強食的世界。

我們因而產生了美麗的誤解，以為強悍就是壯大，強蠻就是力量。

有時候，遇到了麻煩，與人產生了衝突，我們為了爭勝、打倒對方，態度強硬得很。所謂「得理不饒人」，一點都不能退讓。

鐵石心腸，強橫無禮的態度，使到小小的事件愈鬧愈僵，終於撕破了臉，連點頭打招呼的朋友都沒得做！

因為不夠柔軟，所以心碎了！一個事件鬧下來，雙方的心兒都受到了很大的創傷。

為何不能把心腸調整得柔軟一些，談理之時也要講講情。情理兼備，心能柔軟，就有寬容的空間。怎麼樣的打擊，都不會把人傷到身憔心碎。柔軟的心，是保護自以也關愛對方的心。

自然

車子突然出了毛病，上不得路，唯有送到車廠修理。暫時以腳代步，到城裡辦事，又徒步回家。路上陽光直射，微風迎面，沒有乘車時所享有的冷氣，時而還有過往車輛所釋放的烏煙廢氣。在冷氣房裡工作慣了，出入舟車舒適，一年中能有幾次機會體驗這種在陽光下，多走幾陣子就會流汗氣喘的自然！

遂想起小時當鄉野頑童，炎熱午後與大夥兒跑進林郊嬉戲、奔闖、摘花尋蟲，為異體奇物而興奮……清風吹拂之下，忘卻了太陽的肆虐，也不在乎滿身冒出直流的汗珠。在大自然的懷抱中，在熾熱陽光的薰蒸下，我們在嬉戲玩樂中悠然忘我。

那時，大自然給了我們最原始的喜樂，我們不知憂煩，不懂造作，投進大自然的懷抱中，丘壑溪澗，花草蟲蝶……簡單樸素中，總是冒現著無盡蓬勃的生機、無限的生命力，吸引著我們稚嫩好奇的心靈。我們隨興吟唱兒歌，隨意編織種種充滿趣味的遊戲。我們就在那種最自然、最愜意的環境裡，盡興隨性地成長。

在鄉下的日子，是生活與大自然融合為一的日子，雨天玩水，旱天抓泥，習以為常。在乾旱的夜晚，村中父老在庭院品茶揮扇，交流生命中刻骨銘心的經歷，也充滿了閑趣。那時村裡還沒有電流電燈。人們在盞盞煤油燈前，一樣有喜樂笑聲：體現對生活的逆來順受，無怨無悔。

忽然間想到：現代人的生活太舒適了，也太多人為的造作，反而不自然。

靈感

寫作的人最怕沒有靈感。靈感不來，拿起筆來就寫不出東西。枯坐幾前總不是辦法。前輩人說，碰到這種情形，最好把筆放下，出去外頭走一走。走到人群裡，或走到郊野裡讓清風拂面，靜謐和諧的大自然可能就會觸動了我們的靈思。

靈感這東西，縹緲神奇，似無似有，來時如泉湧，不來時如悶熱的午後聞風不動。那種情況當然是很苦悶的。握筆不能成章，猶如自己的筆墨乾涸了似的，找靈感，猶如給筆添墨水似的。實際上，筆下能否有文章出來，不在於筆，而是那個腦筋。

前輩寫作人說過：靈感不來，也要坐到案前，硬硬擠出一些東西來。當然，這樣的成品一定不堪一讀，但也無所謂呀，當作暖身活動了。而且，要養成習慣，時間一到就提筆擠壓靈感，辛苦一段時日之後，文思就順暢了。

據說，作家如倪匡、亦舒等，每天按時寫作，根本不必擔心靈感這東西。它真的像水龍頭，一開就有水滾出來的，多麼神妙。其實，要達到這種境界，平日不知要閱歷多少的人生悲歡離合，發生在別人身上的事事物物，是是非非，就猶如自己體驗過似的。功夫不到家，怎能筆下泉湧？

美中不足

常聽人家說：我將來要怎樣怎樣……。言語間，無限陶醉的情況。

人總是這樣：對未來有期望，可最完美的夢。這已經讓人感受到甜蜜和興奮了。

甚至是，驟然間產生一股英勇生存下去的力量。

只要對前途有希望，總還是人間美事。

美中不足的是：很多人只想到收成時的美好，而忽略了去承受耕耘時的辛勞。

只想到收成，卻沒腳踏實地的耕種。

想到未來，忘了現在！難怪時間蹉跎了。

我們可以為未來編織最圓滿的夢，而最重要的是，這是當下勞動筋骨，流血汗，真誠的獻出自己的力量。

能多除掉一根草，就少掉一份荒蕪。

能多種一棵幼苗，就能多增添一片青綠。

美夢能成真，唯一切都需由現在開始做起。策劃再好而不把鋤頭舉起來，終歸只是一場白日夢；夢醒灰飛煙滅，是誰辜負了誰？

書癡

年輕的時候，除了愛看書、買書之外，似乎沒有什麼特別嗜好。每個星期，至少會到書店走一兩遭，翻閱書報，然後買三幾本書回家。

當時省吃儉用，可花的錢，十之八九都進了書店老闆的錢櫃裡。見到新書，尤其是自己所崇拜作家的新著，總是愛不釋手，一時袋中不夠錢，也會想盡辦法懇求已經熟悉的書店老闆給予賒欠，陸續攤還。

當然，書是買不完的——實際上，自己也沒有能力買那麼多好書。與書店老闆混熟之後，很多書其實是可以站在書櫃前翻閱的。那時候的書商並沒有像現在那麼「商業化」——總是不太歡迎你翻書不買，有的甚至把書本以塑膠紙包紮好，不准你打開翻閱。（太讓人氣餒了！對這類只從「利」上考量的書商，我的策略是：不考慮光顧。）當然，待在書店裡幾個鐘頭，出來時總不能雙手空空，我會感到不好意思！所以，有進書店總會買書——買那些自己看了愛不釋手的好書。

對一個還在念書的窮學生來說，時常買書，可真是吃不消的負擔。好在自己腦筋轉得快；想辦法「賺」點錢，有些收入，才能有機會時不時抱些好書回來。由於常看書，接觸到三幾本適合學生閱讀的刊物，便申請成為代理員，趁下課向各級同學兜售，辛勞付出之後，的確可以幫助自己買所要的書。

此外，看了書之後，思潮起伏，便手癢癢地學人家提筆寫起文章來。偶有拙作刊登，那個月就有機會買多一兩本心水書了。

出來社會工作之後，買書已成癮，猶如酒家酗酒、煙客吞雲吐霧一樣，在政府以扣除所得稅鼓勵人民買書之前，我已經慷慨地每個月從薪水中擠出一大筆奉獻給書店老闆，追求「終身學習」的好夢。到了今天，兩袖清風，只能與滿屋與人爭地盤的閒書雜誌等聊表自慰。

人手一「機」

現代人彼此聯繫的方法很多，最普遍的，當推——行動電話。行動電話從當初大磚塊的「形體」出現市場，到現今小巧輕便，也不過是幾年的時間罷了，發展不能說不迅速。科技的進步，單看行動電話的體型以及各種功能操作的情況，就可一窺其貌了。把行動電話的改進情形比喻為「日新月異」雖然老套了一些，但實際情況的確是「士別三日，又見新款。」

行動電話不但在機型上天天改進，越來越輕巧標緻，方便攜帶，靈巧可愛。在功能上，更加多樣化，大凡與聯繫和傳達資訊有關的，它都插上一腳，扮演一定的角色。圖像音響文字數位，無所不能。年輕人手持一機，去到那裡都能與人保持聯繫，輕便有效；SMS傳情達意，或者是鈴聲一響驅動商機，……人與人的聯繫頻密了，人與人的時空距離拉近了。

行動電話的改進迅速，除了適應時代需求之外，主要還是電訊業發達，各行動電話公司競爭激烈。有競爭就有進步，從行動電話市場就可見諸一般。而先進新款的行動電話推出市場，又推動了年輕人，或普羅大眾的購機欲。有的人一兩年內，甚或是三幾個月內就換一次行動電話，只能怪新行動電話的吸引力太大了。在變化神速的時代，三幾年內的行動電話就落了伍。消費者為了追上時代，熱衷換機，又推動了這個行業的市場與發展。

這個時代，不用行動電話的人似乎愈來愈少了。行動電話好用，但並非全能、萬能。它能促進人與人之間的聯繫，至於能否作為溝通的橋樑、工具，還得看用者的心態，是人役物，不是物役人。

還有多少人「寫」作？

我曾經對某位文友說過：寫作人不能沒有稿紙，就好像農夫不能沒有田地一樣。田地是農夫種植營生的依據，沒有它，農夫就要喝西北風了。寫作人是用筆在稿紙上耕犁的，一格植一字，暖風拂過，字民的生命得到激素，就虎虎生姿起來了。沒有稿紙，寫作人腦中縱有滾滾文思，對外人來說，畢竟是無影無蹤的。

誰知當年講過的話，到了今天，就已不再管用了；寫作人產生作品，交出力作，已不一定需要稿紙了。他們只要坐在電腦前，雙手在鍵盤上按按打打，文字就出現在螢幕上，調遣組合，手不必握筆寫一個字，一篇幾百上千字的文章卻儀容有致地展現。電郵一開，又可將它送到遠方的報館去。不必一墨一紙，稿已完成，且已投寄。

只是，這個時代靠電腦「吃飯」的文人，說他們是「寫」作人，幾乎有點彆扭——他們根本沒有「寫」作嘛！或許，套個比較新潮的名詞，他們是「文字工作者」——他們認得文字，善於處理文字，可以把文字組成文章。有一位在這方面頗有成就感的「文字工作者」曾經對我說：我們可以不會寫字，但一定要懂得認字——你只要在電腦鍵盤上打一個音，多少文字就排隊出來讓你認。你只要有工夫把最貼切的字請出來，對號入座，你就有辦法像拼圖一樣地拚湊出一篇通暢滿意的文章來，拚湊得不滿意，還可以刪除，再補貼過。靈感到來，你要把一段文字補添在哪一段哪個角落，你絕對可以隨意遣調。電腦寫作，就是這麼好玩。

從內心抗拒電腦

是咩？至少，還有一些像我一樣地食古不化的腦筋，是從內心裡就抗拒電腦的。習慣了讓格子攤開，思想天馬行空地在它上面留下痕跡，總覺得只有通過手寫才是引導靈思的橋樑，才是真正把文章創作起來——這跟電腦上的拚湊文字，在思想與組織模式上是不一樣的。我最不能接受的是：一個寫作者不能寫字，或者寫不出像樣的字來的。對我來說，那充其量只是另類的文字工作者。

所以，當大家群起追求電腦化的先進技藝時，我不會太過熱衷，我堅持在有格的稿紙上耕耘——我可能跟不上時代，但是，我絕對尊重自己靈思主權，我讓它自然流露，讓它主動地通過筆端運作。我還是作為一個真正的「寫作人」——我要筆，我要稿紙。目前，商家已不太想印刷沒有多大市場價值的稿紙，幾乎把文友更進一步逼向非用電腦操作不可，不過，你也不用太緊張；我也可以自己製作有格的稿子呀！那當然更落伍了。

你或許會說：這是不可逆轉的趨勢。我當然不會不明白「大勢所趨」的意義是什麼。我只是祈求著；為了對用腦搞創作的文藝寫作人／文學作家表示最基本的專業尊重，如果他們堅持手寫的話，就讓他們專心搞創作吧。至少，我們還可以讓一批專業的打字員有機會工作。找飯吃。寫作人與打字員分工合作，兩全其美、相得益彰，有何不可？商家，放心印刷稿紙吧，據我所知，坊間像我這類堅持用手寫稿的老頑固、落伍者，還大有人在。編者，或許你們也可以把我們的一些手稿收集存檔，因這一些時日之後，它們都將成為稀世古物了。

退休無奈，快樂不失

拜讀了江上舟兄的〈退休生活〉（七月十二日《醒目諸家》），我的第一個感觸是「無奈」：人生的無奈！

無奈因為無常，無常所彰顯的，往往是人算不如天算。對生命的前景不能沒有展望和策劃，但是，能否順利兌現，不免還要碰上許多料想不到的因素。

無常如海洋中突然浮現的暗礁，使到迎風領航的我們頓然失措惶愕，避得過是我們的造化，避不過是我們的運數。這生命的航程還得繼續下去。不能忘懷也罷，能坦然釋懷更好。無奈是現實的包裝，再順遂的人生，也有不如意的挫折。

江上舟兄在「毫無心理準備」的情形之下，因為身體的狀況已不適合再挑起「勞碌、奔波」的工作，只有在措手不及的情形之下，被逼「投入退休行列」。心還欲效勞而身卻不能，這有多痛苦，多無奈！江上舟兄「曾憧憬退休後要好好地休息」，但因一場病的折騰造成行動不便的痛苦，他只有「帶著一身創傷、低落的心情」，面對整個改觀了的「退休生活」。他得調整心情，重新再來規劃過。閑雲野鶴的悠閒生活享受不到了，但我們作為文友的，都發現到他的文章寫得比以前勤了，發表的也比從前多了。

換個方式開天闢地

江上舟兄也曾為文表達自己每天閱讀與寫作的情狀。說明他的奮鬥意志力堅韌。不久前與冰谷兄聊天，他說：江上舟愈寫愈多，幾乎隔一兩天就有文章發表出來。我說：以他當今的境況，能夠堅毅不拔地每天創作，編者也珍惜他的力作給與發表，真是難能可貴呀！老友，我們都祝福你。

面對人生的無常與無奈而懂得轉寰與轉化，順應新的因緣，人生沒有不可走的路。古人說：「塞翁失馬，焉知非福！」或許，江上舟心目中已有杏林子這樣一個作家作為典範。生命的無奈不是局限，而是警惕我們去開闢更廣闊的天地，以另一種心態，另一種方式。

至於江上舟兄說我「懂得規劃生活、善待生活和享受生活」，這可真叫我感到汗顏。或許，這是江上舟兄一心求善而對我殷切期盼所造成的一點點不太確切的解讀，或者說，是個美麗的誤會吧。

快樂的退休生活誰不想？我的退休是早知時日的，真的可以預先規劃，奈何，等到我真正退休時，竟然出現了新的狀況，一時還不能告老返鄉，只好暫留異鄉作異客，坦然順應。我當然力求做自己喜歡的事，該做的事，但並沒有灑脫到可以「無拘無束、逍遙自在」，因為我還無法擺脫家的擔子，還得與太太配合，關照兩位還在求學中的小兒與小女；我也不能忘懷對社群的職責。

退休後的進修與寫作生涯中，我的挫折感應該不亞於一位文壇初手吧。但無所謂，因為路是自己選擇的。把心情調整好，風雨天也會有好場景，啟發心靈，滋養智慧。如果這也是快樂的泉源的話，我祈願江上舟兄，以及天下所有退休人士，生活的波濤再大，快樂的信念不可失。你要快樂，你擁有快樂，任誰也奈何你不得，攫奪不走。

風雨、蛙鳴

醒來之後，聽到屋外，蛙鳴連綿，起起落落，好不熱鬧。

昨宵風雨大。臨睡前，傾盆的雨直接從天庭裡潑下來，打得屋瓦呱呱響，彷彿受到很重大的打壓。雙眼困緊，倒床就睡。過後，風雨怎樣胡鬧，就沒有印象了。

蛙們受了冷寒，在水潭之處吟哦個不停，是群起抗議，這是感懷身世？我想：蛙民都是感情很豐沛的動物。每一次的風雨，都會觸動他們的感受，情不自禁地吟唱一頓。

是悲是喜，我們作為不同族類的，只能揣測。他們此起彼落地吟唱，組成一團自然的交響樂。

悲喜與共。是風雨的洗禮，讓它們不禁「活」了起來，通過歌唱的細胞加以表達之、傳達之。

憂憂戚戚的，是滿腔的悲情。當大地淤滿了水。當蛙族的家室氾濫了。聲腔洪亮，是真情的付出。

對我這一個生活上老是跌跌撞撞的不倒翁來說，蛙鳴正好唱出了我的心聲：對風雨的敏感。

風風雨雨的日子過去了，風風雨雨的日子已來著。

生活是一輪的艱辛苦難過去了，另一輪的艱辛苦難又來著。

生活是面對無盡的挑戰。在面對、應付挑戰的過程中，我們成長了。我們也邁向成熟了。

我們的生活與成長，就像蛙族們在風雨中吟哦一樣。有什麼心聲，有什麼風聲雨翼觸動心弦，最好不保留地傾吐出來。

一夜，是歡鬧、是悲情。

蛙鳴處處，農民不再寂寞。

風雨後，今天，還要迎向生活的戰場。

蛙鳴沒有止息，提示我：戰鬥不能停下來。

能吟唱的時刻；要珍惜，還有戰鬥的精力，就要出去，迎向風雨。

為母親跑腿的日子

海岸寫的《打醬油》的經驗，我也有過（八月三日「商餘」版）。我和海岸君記憶中的童年情境，似曾相識，小時我住在偏僻落後的鄉下，散散落落整十戶人家，加上小農村週邊的巫印族家庭，足以維持村口一家小雜貨店的存在。雜貨店的主要供應品，是油醬米醋等的家庭日用品。村民與雜貨店鋪，可以說是相依為命，共生共存的。老闆所賣，是村民所需要的；村民有時急需，又沒錢，只好要求老闆通融、給予賒欠。

五、六歲年紀，我已常在村裡東奔西跑，尋找野趣童玩，碰到村裡小童，湊在一起也可以鬧得很痛快。午間與傍晚用餐時間一定提早回到家裡，聽憑母親使喚。她也是剛從田間回家，匆忙為家人準備餐點的。我幫她搬柴生爐火的，做些雜務。當她要煮炒時，有時會發現：醬油沒有了，鹽不夠了，食油用罄了……就會喊我：「阿強，到菜店子去買五分錢鹽回來。」小店離家約半裡路，但我小腿跑慣了，沿著小泥路奔闖，也不會覺得辛苦。雜貨店的老闆，穿件背心，穿條短褲，接待我們倒是親切和藹：五分一角的日用品，有時還現錢，有時賒欠，他都喜形於色。有時賒多了，他還會提醒我：「告訴媽媽，這個月已經賒了塊三錢了。」我連連點頭說是。有時老闆不在，遇到老闆娘，她還會問：「媽媽怎樣？爸爸怎樣？菜園有好收成吧？」村民純樸，一種至誠的問候，使人覺得一家親，沒有見外的感覺。

有時，家裡突然欠缺什麼急需，我也會依照母親吩咐到菜店子去要求老闆上街代買，時間配合得當，當天就可拿到；若遲了，只好等第二天。

現在想起來，那段當母親跑腿的日子，正是自己成長過程中，好奇又好玩的時刻。我從中學到了很多東西。我與父母相依為命，村野的生活，給我留下無限的記憶。

「迷」

有的人喜歡「迷」，覺得事物迷迷濛濛，看得不太清楚，就不必多傷腦筋。人生本來就像夢一般的，迷糊中也有很美麗的感覺。

就好像早晨起身，走入霧中一樣。霧中的世界，白濛濛的一片，看不清、摸不透。如果太過認真，要把真相找出來，就會很傷神。不如隨遇而安，在一片白茫茫之中，安下心來，從似幻似真中去擴展自己的想像力。

多虧在迷霧中，還可以測試自己對事物的敏感度。身外的世界，是一個飄浮不定的境地；濛濛中，一種虛幻的感受中，心靈能否踏實起來？又如何踏實起來？

這個時候，奇思異想闖進胸懷。一瞬間，或許，自己如置身仙境，飄飄然的漫步中，進入一個潔淨，無憂無慮的世界裡，花香鳥語，清風送爽……這是一個祥和、溫馨和靜謐的世界，沒有吵雜、歡鬧、喧囂；沒有各種聲色犬馬的污染，營造煩悶與不安。在迷離白淨的世界裡，我們暫忘了塵世的煩囂；我們脫離了現實的不美好。濛濛中，自我柔和淨美的感受。

對很多人來說，這當然是可「迷」的境界，現實太苦澀，所以，悄悄地躲進迷離虛幻的世界裡，也是精神上一種解脫，不，是寄託。

人喜歡走進一個擬幻擬真的世界裡，以便讓心靈的鬱悶得以釋放。在「迷」中，正是可以幻想可以造夢的時刻。在「迷」中，猶如睡醒前的美夢，貼人心窩。好夢使人留連，卻往往易醒。但無論如何，在迷夢中，能把握多少，都可以成為醒後清明時刻的回味美酒。

又有些人，嗜酒如命，一天不飲，失魂落魄似的。三幾杯美酒下肚，肚皮熱了起來，血流加速，心臟的噗噗跳中，進入醉醺醺的境界，忘我迷離，開懷不已。醉中的世界，當然是不實的，但是，飲者卻喜歡那一種迷茫的美。心中所想，腦中所思，都保不住了，迷迷糊糊中一一的吐露出來。醉中的迷離，對飲者來說，才是最真實的——那在自在、解放、無牽無掛的表態，才是真的，美的。

世界太複雜了，不會人人都喜歡現實的世界——勾心鬥角的人性教人厭惡，有的人怕了現實的殘酷、冷漠，於是，寧可進入霧裡，夢中，以及醉醺醺的天地裡。還是「迷」，迷讓人覺得也是一種美，一種解放，一種暫時的救渡。

踏實

年輕人追求時尚，感覺一直跟潮流走。那當然也不錯，變化總是帶來新奇、刺激，而且，能走在潮流的前頭，往往會生起一種優越感，給人滿足，抵死得很！若果碰到人們妒羨的眼光，知道自己也可以成為關注的焦點，也算得是頂出風頭的一件事，這年頭，出風頭與成名，對很多人來說，是來者不拒的——只要想到成名的利益、好處，縱使得付出相當的代價，還是會有人赴湯蹈火的。

當然，我年輕時並沒有因為追時尚潮流而成名。那時候腦中所想，心中所感受的，都很虛浮、縹緲，若幻若真，心靈的確不曾踏實過。

一過中年，心態趨向淡靜。對潮流的衍化，只有冷眼旁觀。不再是年輕人，就不需要那樣瘋狂。衣著逐漸樸實起來，不想再為了那一點點走在前頭的感覺而付出諸多時間與金錢的代價。踏踏實實地做人，一種不與人爭風吃醋的平靜，也是一種難得的安寧和享受。

激勵

激勵課程流行好一陣子了，各行各業都可以找到自己屬意的激勵大師來講演——大家都說這是充電。彷彿，工作一久，自己的精力與原創力消耗掉了，整個人鬆弛了下來，好似電池泄了電無法再把自己這個電燈泡點燃得燦亮似的，所以，維修的辦法，是將激勵師請了過來，給自己注入新的生命力。當隔天再回到工作場地而覺得精神奕奕，整個人如待發的弓，就知道活力回來了。

激勵大師猶如醫術高明的神醫，只那麼幾個鐘頭，就能通過理論與種種個案把激發人心產生力量的理念帶出來。大師把課講完，可能還會帶領大家高喊口號，唱激勵歌。一鼓作氣，彷彿成功就在眼前，唾手可得。

理念有了，口號喊了，鼓舞士氣的歌也唱了，當然得「回歸」自己的本位，回到工作的崗位上。這時，當然不能只喊口號與唱激勵歌了。肢體動作再多，腦海中理念翻滾個不停，都不及實際的行動——真正的在工作中實踐。口動、心動而沒有行動，慢慢地就會回復原來懶散的自己。不！是實際上沒有踏出一步。自己還是在原地上踏步。激勵課程所充實的電力，很快地洩漏成空了。

最好的激勵，不是口號，是以行動表現出來的。活力要動，才能產生實際的效果。

原子筆

原子筆，輕便、經濟。塊多兩塊錢一支，筆心圓滑，墨汁流暢，寫上一兩個月，沒有問題。一支原子筆掛在衣袋裡，隨時可用，隨時可以請它出來，為自己的閱讀批眉。做筆記、書寫、記錄生活事項、點滴……。

原子筆形形色色，卻是攜帶方便，書寫便利。不必像鋼筆一樣，時不時得添裝墨水，麻煩又容易玷污手指。原子筆普遍上中下各階層人士所喜愛，記事簽名，輕便惠實，久而久之，大家似乎已忘了還有鋼筆存在這一事實。這個時代的書寫工具競爭中，原子筆無疑已站在前頭，脫穎而出，成為普羅大眾的最愛。價錢方面更是普及到人人隨時都可以擁有，三幾毛錢一支，用了隨時可丟，隨時可再添置。

據說，高官顯要，在重要檔上簽名，或者與國際性的機構簽署條約，還是要用特備的金鋼筆，以示隆重。原子筆的「身份」，大概與中小層的草民同甘共苦可以，想攀到皇親國戚等高貴人士的身上，就有了局限。但作為一支筆，是給人簽簽名擺擺官架的好呢，還是讓人抒發思懷記錄生活中的冷暖辛酸的好？或許，也非筆本身所能自由抉擇的吧！盡心了就是。有些文人，認為用原子筆寫作暢快，有的則認為鋼筆比較可以寫出漂亮的中文字來，像臺灣的李敖，就偏愛鋼筆。

這些年來，我已習慣了以原子筆記事、書寫等等，一筆在身，幾乎是每日不可或缺的伴侶。有時買到素質較差的原子筆，時不時漏出墨汁來，很是厭煩。反正原子筆十分經濟化，久了，我也懂得選購價錢廉宜、質地又好的原子筆，增加信心也增加滿足感。

原子筆，經過這些年來的進化，改造、蛻變，形象與款式推陳出新，已成了當今最流行、最普遍的書寫工具；原子筆的求生之道，讓我驚羨，也讓我悟出一些人生道理。

想要，就能做到

晨跑，空氣清新，卻也跑得汗水淋漓，回家後，再來一次晨浴，精神格外舒暢。因從未學過太極氣功之類的健身活動，只好滿足於跑步所帶來活筋醒腦的效果。

偶爾起身遲了，骨肉微微有酸楚的感覺，偷懶的念頭頃刻闖進腦海：今天的晨跑，就取消了。腳酸背痛似乎也纏身好久，暗暗地提示自己所作的決定沒錯。奈何的是：一次取消，接著下來的兩三天也可能跑不動。體弱需要時間復原。我好像又找到了一個很好的理由，把自己的「告假」合理化。

寫文章的情形也是一樣，不是每天在一定的時間內都能提筆寫文章的。有時腦子空空，就不想提筆不想絞腦汁了。一天不寫，可能就有好幾天不再碰觸稿紙。什麼時候靈感再來，的確是可遇不可求，不能揣測。我也認為這是正常現象。

有一回看了激勵書，要活學活用一下。書中說：你的一切言行都是你腦中思維的產物。你腦中想要的，你一定做得到。

原來，我們很多事做不到，是因為腦海發出了訊息：不要！若腦海能發出正面與積極的訊息，一定做得到。正如哲學家笛卡兒所說的「我思，故我在」一樣，我們的生命運作也是：「我想要，我就能行」。

在身軀覺得衰弱的早上，告訴自己：要晨運，你行的。於是，我的雙腳踏上了跑道。起初如拖著千斤重的擔子，漸漸進入狀況，跑完全程沒問題。在感覺到靈感在虛無縹緲間的時刻，逼自己坐在案頭，提筆想個主題，寫下題目；開始的幾句難如登天，過後漸漸的思潮來了，堅持下去，文章完成。當然，寫得好不好是另一回事。

想要，就能做到。我信服了。

累

在人生的道路上，走得很累的時刻，就想找個地方，歇息一下。累，不一定是軀殼脂肪焚耗過量的體現；煩雜事務纏心，問題該解不解又揮之不去，如無形的擔子負荷著；千斤般的壓力，卻沒有一個管道輸送給一個或多個至親分挑，這樣日日夜夜的煎熬，心焦意亂，怎不累？

向明人問道，明人笑而不語；再問，篤指啟齒：誰吩囑你背此重擔？摸遍了腦際，尋不可得。明人點竅：「放下，放下！」放下何嘗不是一種歇息？能放下，自由灑脫任翱翔，遂體悟到飛鳥任由輕風遞送，閉目戈游空中，誠然是一種高境界的休憩。

心窩老是被俗務填得緊密兮兮的我輩凡俗，如何進得了那飄逸閑戈的境地？回到頭來，還是一句老話：自己還是放不下。牽腸掛肚的惱事兒偏纏得緊。

說來說去，就是一個「情」字作祟：千煩萬煩都為了「放不下」的情意結，對人對事，周旋攀附，說是心甘情願；有恩感恩，有仇懷恨，無恩無仇卻又有緣一再出現於自己的生活圈子裡的，都可以有所情牽，有些聯想、懷思……於我無恩卻又有緣受到其傷害者，如此之人，自己記之恨之怨之，更是百般放不下，遇到可以深談的知交，還會在言語中毫不掩飾地吐露出來。

我不犯人，為什麼人要犯我？想來想去，就是對方的不該！刻下忍過了，但心中還是會想，下一回他再來犯，該怎麼辦？該如何應對？如何向他展示自己並非弱者？給他怎樣的教訓才能收效？……思之慮之，夜眠也不寧，惡夢怪夢攀附著來，怎能不累？怎會不累？

很顯然的，累，是因為自己心中有鬼。這鬼靈精怪的東西真煩人，可以蠶食自己的心靈，教自己的思緒失常。累，不一定是自己做了很多工。相反的，可能是因為自己的胡思亂想而勞累，真正的工作倒沒有做上幾成。的確，在心無掛礙，全神投入工作的時刻，自己反而不覺得累。只要心能安，再多的工作也不會累。人的韌性，的確是很強的。

過錯

翻閱歷史，我們不難發現：人類好像總是在重複著一些愚蠢。人自稱是萬物之靈，誰也不會承認自己是愚蠢的。然而，不愚蠢的人類往往卻做了很多愚蠢的事。這事說起來一點也不好笑。當然，人是不堪自我嘲笑的。人也不願讓同類或他類嘲笑。只是，人在做了蠢事之後還洋洋得意地以為自己幹了一番大事，可以轟動塵寰，名留千古。多麼大的諷刺！

人類的侵略、征戰，殺人害命，掠奪他人或他國的財富，向大自然無厭地索取物資，傾倒化學廢料污染河道，製造垃圾污染環境……一件又一件的，都造成了生態環境的破壞，繼而讓大自然反撲抗議，危害到人類生存的安全。天災人禍，一宗又一宗的浮現，都跟人類特意破壞大自然有關係，但人類卻裝聾作啞，對自己的行為後知後覺，甚至是不知不覺，因而沒有得到教訓，不該做的事重複地做，還堂而皇之地宣言：為了發展與進步，人類已不可能走回頭路。

重複著前代人的錯誤

當時，誰也不會要求人類走回頭路。人類文明發展到今天，科技一日千里，網路世界讓人高傲。然而，科技的突飛猛進並不表示人類不應該檢點自己的過錯。人類的歷史記載了諸多人為的過錯，只是，這些過錯並沒有讓人類完完全全的醒覺。一代又一代的人都在重複著前代人的錯誤。一代又一代的人看似更加聰明、更加的進步了，然而，做起不應做的傷天害理的蠢事來，卻一樣的多。頭腦更加靈敏的人卻不一定能協助他提升自己的道德操守。人的貪欲不曾減少，因貪欲而重複的過錯也罄竹難書。人海茫茫，大家都在欲念中浮沉，違法犯過，真正能覺悟、不重複前人過錯的，有幾個？人類真的進步了嗎？人類的尊嚴又放在何處？

於是，今天的天災人禍，並沒有比過去時代的減少。而且，大自然一旦向人類作出反撲，其嚴重性、破壞性不知比以前大出了多少倍。一次的恐襲、海嘯、地震……都足以讓人震驚。然而，事情過去之後，人類又再一次做出錯誤的蠢事。積習難移。人的尊榮何在？

面對白髮

第一根白頭發是怎樣悄悄地浮現在自己的頭顱上的呢？似乎不能也無法認真去考究了。

只記得那一個清晨，洗刷之後梳頭之際，在鏡子裡面突然發現黑髮內隱藏著三幾條白皚皚的線條，好似青青的綠禾間冒冒然出現了三幾條枯枝。心間一愣，立即雙手操作，以指頭按壓住「敗類」，「索」的一聲，手不留情地拔除掉。感到自己做了一件很正確，很應該做的事，心間的壓力也清除了不少。

那是七、八年前的事了吧。

羞見白髮！彷佛，白髮一出現，自己在歲月的征程中就遭到了頹敗的跡象。年輕力壯的時刻，怎麼可讓白髮鑽進一頭黑絲裡揚威嘲弄。彷佛，白髮是自家的不肖子似的，是來打落自己的士氣，所以，當白髮突然冒現之時，心頭一陣驚愕之下，內裡有多沮喪！有多氣餒！當然，也有些些的恐慌！怎麼？歲月不饒人，自己快要向「垂垂老矣」的心態俯首稱臣了嗎？內心裡一千百個不願意。所以，白髮只有拔去之後，才會稍微感到愉快，輕安。

人不能永遠年輕，早來的白髮似乎就是要提示這一點。我不知道，勤拔白髮、愛除白髮的人，是否不能接受這一事實，還是逞強一陣，求個自我安慰。自從那一天拔過白髮之後，往後的歲月裡，似乎常常都有白髮可尋、可拔，近來，似乎拔不完拔不了了。太太見狀，常說：「白髮是成熟的象徵，留下來吧。」我也從開始的倔強不認老的心態漸漸地轉為可以接受「現實」了。

我之所以懊惱白髮早生，或許是基於自己還沒有多少的人生智慧，自己還很幼稚、不成熟呵！白髮蒼蒼，成熟穩重，對我來說，恐怕永遠都會名不符實。

但是，事實還是事實，白髮拔除之後又再生，除也除不了，這是我必須去學習接受的事實。當然，我還得加緊學習，使自己成熟有智慧，所以，我近來更忙了，忙於在成長中求進步。

病有所思

人生最幸福的事，應該是無病無痛、快樂自在的成長，像一棵樹，長在適度水土光熱的環境裡，一日又一日地蓊鬱蔥蘢起來。如果突然間來一個旱災洪澇之類的，水土操作失衡，再好的樹苗也會在憔悴中暗自哀鳴。我們這副肉軀，比一棵樹強勁得多。奈何一旦被病魔襲中，也有諸多苦痛好受，嚴重的，可以把人煎熬得弱不禁風、搖搖欲墜起來，那種折騰，真是了得！

我前陣子病倒了幾天：先是喉嚨癢、發高燒，以為吃些退燒的藥，不礙事的。誰知第二天竟然整個人周身酸痛，連起身去沖涼房都覺得身有千斤重，鬆軟的雙腳馱負得一步一沉重。人一旦病來磨，之前的虎虎生姿，都一消而散，喉幹、舌苦、火眼迷濛，除了吃藥以外，喝白開水之外，任何食物都一概不思。而且，藥入苦口，特別昏沉，迷迷糊糊的，只想要睡覺。

結果，一天又一夜了，我只在迷糊睡夢中。一匙粥一口飯也沒吞進，太太煞是緊張，小女前來摸了我好幾次的額頭。我告訴他們：周身酥軟，只想喝水。水是唯一甜美的護命符。再過一天，流了周身汗，放了很多臭屁，可以到廁所上大號了。之後，喝點清粥、薏米水，感覺周身的酥痛消失很多了，也可以坐起來，翻開兩天沒有閱讀到的報紙。

我一向自恃有跑步，健康沒問題的，誰知這並不是個一百巴仙的保障：當體中的火水土風不調時，病魔並不會因為憐憫你而避開你。人體是肉做的：或許，就在病倒沉睡迷糊的時刻，平日負荷過重的軀體才得以休息、調整，恢復原先的機能。

病，或許不好受，但是，病可能也是延續健康的一部份吧。這麼一想，我對這一回的病倒，也坦然得多了。

老調再彈

最使人嚮往的，是忘記了時間的「束縛」，自由自在地，要怎樣生活就怎樣生活，要做什麼就做什麼，要做多久也就多久，完全隨興之所至，隨性之所欲。

因此，當工作忙碌得使人喘不過氣來的時候，就會希望假日的到來。假日一到，把鬧鐘、手錶之類可以讓自己「控制」時間的器物丟在一邊，早上要睡到什麼時候也可以；爾後，要怎樣休閒自在，完全看自己興致的指標怎樣操作。

對很多人來說，這應是最愜意不過。假日嘛，就是要好好地享用。猶似貧窮的人突然間有了一大把錢，闊綽起來，胡亂揮霍也不覺得可惜。假日的時間無端端多了起來，正好可以讓自己的任性隨心顯威逞勝，好似這樣子便等於享有了人生很大的幸福似的。

往往，隨心任性的活動，是懶慵最想藉助，也最歡迎的媒介。在心情鬆懈的時刻，心情伺機散漫起來，散漫是一種沒有任何束縛牽制的，時間飄逸而逝，心情毫不緊張！好處是：如果這些時日以來身心累積了什麼勞累悒悶，它會慢慢的蒸發。無憂無慮，天塌下來也可以不管。這種樂，誰不苛望？缺點是：心情這小精靈，易放難收。鬆懈一久，迷迷糊糊起來，生命留下的儘是蒼白、空白，成了習性，就猶如成功途上堆滿了阻障。

如果把假日的休閒當作是生命瘀腫和傷口的修補，倒也可發揮一定的效用。生命不可能每一分每一秒都填得滿滿的——那恐怕就會太過繃緊而身心忍受不住。弦緊易斷。而空白過多，猶如一片大沙漠似的，蒼茫荒涼，能有什麼作為？管弦一鬆就彈不出正確的音調了。

對講究生活實效的人來說，這可能是等同糟塌生命。因此，有人寧可有鬧鐘，有鐘錶，時間受到好好的控制。工作日當然是在時間的框框裡運轉，假日休假，也不全然放縱自己。讓時間約束一下自己的自由，生命似乎就得到更好的安排。許多人的成就是惜時與善用時間而來的。這種老調，對我來說，彈了又彈，我還是聽之不倦。畢竟，生命的時光，太有限了。

珍惜自己

觀賞《魯豫有約》的節目，見到葉健醫生／老師被請到台前，五十二歲的年紀了，神采奕奕，一副樂觀積極的情狀。葉健因為患了乳腺癌淋巴轉移症而動了手術。本來醫人的醫生，突然間成了需要其他醫生替她動手術的病人。她平日有練瑜伽術，也是瑜伽班教導學生的老師，然而，病痛不看人臉色。中了癌症就得去面對，動了手術還得化療。葉健先把心理調整好，去面對一場生死搏鬥的大手術。手術後，她醒了過來，覺得「死了真舒服，活著真痛苦。」原來在動手術失去知覺的那些時刻，她沒有感覺到痛苦，然而，手術後甦醒過來，卻是周身痛，虛弱得很。一時之間，眼淚奪眶而出，她說：那也不完全是脆弱的表現，而是感悟到自己太不會照顧好自己的身體了，有一種自責的意味。

原來，葉健的自責是出自於內心的醒悟。這樣的自責之後，生命自強的力量也跟著湧現了。於是，手術才剛痊癒，她又做回瑜伽運動，以自己的毅力與自信來修復自己。很快的，她恢復了健美，又回去教導學生，發揮生命的潛能和力量。她要好好地保護自己的身體，也提醒別人去把自己的身體照顧好來。

我坐在螢幕前，追隨著魯豫的整個訪談，跟隨著葉健老師的一言一語、一舉一動而感動。生命是可以掌握的，只要我們懂得珍惜自己，珍惜自己的身體和心靈。會珍惜才會善用，葉健做到了。我們呢？

教書無怨無悔

曾經聽過一些同道朋友提及自己的生活與事業時，說：「我從事教育這一行，所碰到的挫折與挑戰雖然不少，但是，我一向以積極的態度面對之，無怨無悔。」這是一句能夠感動人的話。

的確，教育這碗飯並不容易吃。從前有人說：教書最容易，半日工，金飯碗。似乎，其他行業都沒有它輕鬆，也沒有它這般：飯碗打不破。這當然是只知其一不知其二的看法。

教育不只是「好與壞」兩面罷了，而是層面多、挑戰大的行業。最大的挑戰是：你們要塑造的一個個活生生的人，你要作育英才，為國家社會造就有用的人才。你在做嗎？你做到了嗎？

當然，教「書」不難，作育英才就不容易了！況且，作為一位老師，你每天所接觸的絕不是一、二個學生，而是一整大班的學生，好幾班。

每個學生的家庭背景不同、個性不同、思想差異，以及情緒、態度也因時因地因情況而有所不同。每一天碰觸學生，每一天會有不盡相同的情狀，每一天都是挑戰，而每一天也充滿了機會。

協助學生快樂成長

作為教師，你可以想艱辛困難的一面，也可以想感人溫馨的另一面，你不時得嚴肅，但何妨也有輕鬆的時刻！你可以氣急敗壞的責罵學生，也不乏恭賀讚揚學生的時刻。聽話的學生怎樣指引，頑皮的孩子又怎樣善導，內向的學生怎樣發揮潛質，外向的孩子該怎樣管理……一切，都是孩童在成長過程中的必然現象。

作為老師，就有協助他們正常成長的職責。不但要學生快樂，也要把他們塑造成可以挑大樑的國家未來主人翁。這工作不容易做，難度高，只有那些心懷理想、有責任感的老師，做起來才能無怨無悔。

更何況，教師與教師之間，教師與家長社會間，常常也會因為理念與思維的不同而出現了摩擦，產生了衝突、誤解、甚至是不諒解。有時候，一個好的行動得不到應得的好效果，反而引起利益衝突。影響了師生間的心靈和諧。

老師有理由、學生有尊嚴，怎麼辦？家長看「錢」途，老師堅持「前」途，能不引發緊張狀況？心地脆弱的老師，有時會覺得孤單、無助，彷彿自己所堅持、強調的東西，得不到社會與家長的支持。

更甚的，家長投訴到學校裡來，校方領導人並不站在自己的立場講話，易使自己產生誠惶誠恐的心態。在這種情形之下，還能任勞任怨，不吭一聲，除了是對這一份職業有充份的興趣、有崇高無比的理想之外，還能有什麼更大的力量支撐著自己？

暗窿一遊

傳承得前來加基武吉公華學校宣講愛心教育，何乃健陪同。我有緣與他們相見，一齊前往。講演後，趁機往暗窿一遊。

暗窿是玻璃市州的旅遊勝地。每逢週末或假日，旅遊巴士，各地來的轎車，送來了遊客，帶來了熱潮、歡鬧。平時遊客不多，高山陡壁，巨樹碧葉，溫涼陰鬱的境地，傳來三幾鳥啾蟲鳴，伴隨著水流緩緩的溪澗，倒是別有一番沉寂的靜謐。

暗窿地道，穿山而過，全長三七〇米。遊客入內，每人得付費1令吉。踏腳板乃以鐵條鋼纜置入陡斜山壁作為支撐，下有洞穴流水，涔涔有聲，似遠實近，時而氣大，時而力虛。山壁兩邊，十來步距離就設有燈泡，點亮通道。據說，暗窿通道從前是為了礦工采錫米之後運送收穫而開的。當時並無壁燈之設。礦工運輸錫米過暗道，頭上要綁一盞頭燈，放光引路。而今，錫業沒落，礦工也多外遷，加基武吉人口逐年減少；過暗窿的，除了當地居民之外，當然只有遊客。

一進隧道，就感受到濃郁的水氣彌漫空間，陣陣清涼襲身。緩步前行，可慢慢巡視兩邊山壁所垂掛的各種奇形怪狀的石頭，細細欣賞。石壁上的垂石與緊貼攀附著的石塊，有大有小、有方有圓、有橢圓形，更有柱狀的，有形似桌面，似階梯的……頭頂石壁，有時會滴下水來，濕了吊橋的踏板，甚至滴在身上，濕了衣襟。從石隙間滲出的水，延壁而下，塑造出種種大小不一的鐘乳石，在燈光輝映之下，純得聖潔，白得可愛。鐘乳石還在成長中，千年後，又將是個怎樣的造化？往下凝視，石筍相應而長，與下垂的鐘乳石相映成趣；它們之間猶如情侶遙遙相望，何日才能真正碰頭相攜？

在較陰暗的石壁間，倒吊著六、七隻蝙蝠。水流嘩嘩的激情，似乎牽動不了它們。它們該是面壁沉思的詩人吧！

道中有個較寬敞的地方，打造了一個可供遊人歇腳、拍照的四方板塊，燈光燦亮，周邊的景致也最綺麗。

書癡閒話

六十年代的華文書比起英文書還要便宜——我是說，華文書的價錢比英文書低廉得多。那時候，華文書籍多是港臺印刷出版而後進口到我國的。書報雜誌也好，文學著作也罷，一般上幾角錢，至多是塊多兩塊錢。那個時候，我還是一位不事生產的學生，然而，靠了省吃儉用，我每個月都可以買上幾本雜誌和名家著作，趁著課餘之暇讀個不亦樂乎，自己的閱讀興趣，應該是這樣培養起來的。

書店老闆成了朋友

閱讀的嗜好一養成，買書就像訂期買糧食一樣，習慣成自然，每個月總會有幾天週末的時間，自己情不自禁的要往書店裡跑的。書買多了，與書店老闆成了相熟的朋友，好書新到，有時他還會特別介紹，似乎，自己的閱讀口味也給他摸熟了。當然，自己的經濟能力有限，好書當前，自己還是要多方節制的。後來，自己學會寫作，文章發表出來，領了稿費，就會趁機多買幾本書，當作意外的收穫看待。有時候，書買多了，看不完，就一直擱置在書架上。幾年後，書籍的紙質變黃了，但自己似乎也只是翻閱到那麼微少的三幾頁罷了，想來慚愧。

那個時刻，不但外國進口的華文書價錢不貴，就是本地出版的一些綜合性或文學性刊物，價錢也只不過是三幾毛錢。於是，像《學生週報》、《蕉風》、《海天》、《荒原》、《新潮》等刊物，每期追蹤，好像也沒有加重自己的經濟壓力。我其實並沒有很多閒錢，為了多買書報雜誌，只好多寫作，希望每個月有機會刊登多幾篇文章，此外，就是在課餘週末的時刻，多教補習賺取外快。我不太會儲蓄，也沒有什麼閒錢可儲蓄，總是一邊錢賺進來，一邊又將它花在買書上面。

爾今，自己的書房裡，少說也有幾千本書，精裝本的自己覺得彌足珍貴，大部分的藏書只是普通的版本。想想，買書也可以像聚沙成塔一樣，日積月累，每週的點點滴滴，日久就成了大江河——我儼然已有了自己的圖書館，那一室的書架，架上排得密密麻麻的書籍，以及地上的雜誌刊物、舊報等等，自然地形成了我的知識寶庫。我工作了幾十年，兩袖清風，不善於營財謀利，無從享受富貴的恩澤，我唯一擁有的財富，只是那一室的書籍。寫此短文，聊以自慰吧。

晨光

早晨真好，尤其是風雨後的早晨，清新涼爽。到住宅區外的郊野走一趟，眼前一亮，青綠如黛的一片好風光，衝進眼裡，衝到心頭裡來了。好久沒有見到這樣朝氣欣榮的景觀了。

人一忙了起來，就忘了大自然。忘了天然自重的美。其實，那片郊野的景致，有山、有林、有清風霞影，還有禽鳥蟲獸的聲息。時而靜謐，時而聲籟連連，聽起來如大地的脈搏跳動。只是，在忙碌的日子裡，腦中所浮現的是生活的計籌，是人事的糾葛。

人不能不和世俗扯上關係。世俗生活有太多洶湧的浪濤，讓你掙扎與衝撞個不停。煩惱與問題不斷的擊浪而來，做人的本能就是去面對它、適應它、解決它。這都是很考人能耐的挑戰。人在這一片汪洋苦海裡，建立了信心，要在人我是非的征戰中，證明我存在的意義。人生變得格外的複雜起來。

於是，很多的晨光夕輝都忽略掉了。當心靈想告假出去逛逛的時候，就會有一股聲浪襲過來：那是浪費時間和生命的事。要分秒必爭地發奮圖強，才能證明自己的存在意義。當然，大自然就在身畔，自己卻沒有閒情去欣賞，更別說走進園林的懷抱裡，接受清風鳥語花香葉蔭的撫慰。這一切，本是舉手可得的享有，卻總是那麼遙遠。

對於大自然這塊生命的後花園，變得那麼難於親近、擁有。人卻沒有感覺到失落了什麼。難怪在現實人生裡掙扎久了，人的顏臉都變得那麼僵硬起來。鐵石心腸練就，人與人之間建立了機械式的交往，由利害關係來扯牽。真純的感情流露，找不到了。正如人心裡找不到自然的泉源一樣。

今晨走入園林裡，在陣陣清風的洗滌之下，腦筋彷彿清醒了很多，遂有從睡夢中慢慢醒覺起來的激動。聲色物欲讓人昏沉。若不是大地的聲音在召喚，大自然的清泉在湧動，自己的腦筋可能沒有這麼快清醒過來。美酒雖好，不及晨風闖入心脾。我闊步迎向前方的朝曦，眼前燦亮，心燦亮。

過年是一種提醒

新年，對不同的人來說，總是有不同的意義。感同身受，縱使有類似的情況，但是，由於年齡、背景、經歷以及智商等等的不同，往往還是有差異的，就猶如面對生命，不同的人總會活出不同的意義來。

就算是對同一個人來說，不同生命時段的過年，感觸與體驗都會不一樣，年少的時刻，過年的熱鬧與好玩是充滿誘惑力的，好吃與好喝的糕果飲品之類的，牽動食欲，可以把人推到興奮的極致。青年時刻，過年不忘聯絡朋友的感情，拜訪聚會，共同為人生的美好而憧憬。中年時刻，為人老成保重，又有家庭的負擔，過年的感受踏實得多了。而步入老境的時刻，過年雖然已不再激動，但如果說已無計畫和願景，那也不全然是對的。每一個人，不管過年時遇到怎樣的窘境，總還會檢視過去，計畫與籌措將來。

應該說，新年是讓人鼓起新希望的時刻。希望猶如早晨升起的太陽，溫暖和麗亮。

不管過往的日子遭遇到多麼大的困難，只要在新年裡產生了新的期許，就像見到晨曦就把前一夜的黑暗恐怖放下一樣，不再驚嚇和彷徨了。

把握另一個希望的機會

對我來說，過年的意義就在於對我的生命起了「提醒」的作用。用慣鬧鐘的人都知道，清晨的鐘響是「提醒」夢中人起床準備迎接新的一天：新年嘛，就像晨鐘響起，提醒在生活中渾渾噩噩的人，該提起精神把握另一個充滿希望的機會了。對我來說，這比什麼都重要，也都更有意義。

過年的種種儀式慶典是用來營造自己的心境的，以便它趨向和諧與燦亮，興奮中生起對生命珍惜的理念，從而邁開踏實的步伐，開拓更有價值的存在。生命的意義，就看自己是否懂得善待生活。一年又一年的渡過歲月，智慧有增長嗎？

新年的奧意

冷凜的北風逐漸收斂，大地的脾氣轉了型，逐時逐刻的燥熱起來。街端的那排傘樹，落葉與日漸增，蒼穹邃遠而深藍，告示著大自然在靜默中已作出了步伐的調整。敏感的人兒很快的就收到了訊息：南國春臨，農曆新年的腳步不遠了。

市場上的春訊似乎反應得慢了一些。商鋪沒有過早與過熱的張燈結綵，春曲歌揚，暢迎佳節蒞臨。大商家派出傳單、張貼海報，想搞起年貨市場，卻顯得羞澀退守，張望固封。經貿豐收年代的神勇熱潮似乎只能在記憶裡去沉醉。而今百業低靡，新春泄了氣似的躡手躡足，彷彿成了另一種教材來啟迪人間。

年年難過年年過，我們華裔經過幾千年的承傳薰習，還不缺乏應變的能耐。豐收之年大事歡慶，乃人性之常；陰晦不景的年頭就低調從簡，必要的開銷，沒必要的就留取精髓所在，求取意義的保存和表彰。春聯猶在，而賀年卡的遞送已多由電子賀卡替代了。方式改變，用意仍舊，這應是一種應變的智慧。

半生漂泊在外，二〇〇六年底我總算回到了故鄉的岸口，有了個安定的駐足點。老友見面，話生活波濤、人生無常，不無感慨。親朋戚友，生離死別，多少無奈，也盡在不言中。當年是：每逢佳節倍思親，也思鄉；而今，身在鄉土中，人事幾番新！外在的環境不管怎樣變，我但求保有顆謙誠淡靜的心，尋覓生命的奧意。農曆新年給我心靈上的衝擊遠遠大過物質上的。

我們的心激盪

每到新年格外忙，忙於為一年的奮鬥掙扎作一個總計，並準備以更好的狀態，迎接與策劃另一個新的年頭。日子歲數是照樣地過，卻因為有了新年，調整了逐漸怠慢的步伐，彷彿為生命注入了新的動力，一時間就變得格外有勁力起來。

因此，不管經濟的狀況如何，不管自己一年的得失造成生命多大的衝擊，迎接農曆新年的心情還是愉悅的。就好像迎著冷凜北風的時刻，想到春花桃紅的絢麗，心情也隨順著舒寬起來。

無論怎樣忙碌，在外的遊子總會在新年的除夕前趕到家鄉來，與家人來個大團圓。除夕的團圓飯別具意義，彷彿一年來各自遭受到的風風雨雨，聚談暢飲之下，什麼都消融掉了。

平日難得見面的親友，問暖交心，多少溫情在喜氣洋洋的氣流裡散播著。所有的不如意與挫折，在互相傾訴慰問之下都成了過去。握手相看，老友，您還健朗得很呢！舉杯祝福，又激起多少美麗的想望。是這樣的一種情誼牽繫，讓我們感受到人生的旅途上，雖然跌跌撞撞，但還是可以勇毅踏實的走下去。為自己，為家人，為親友，為社會，也為國家，世界的有情與有緣，生命的陰晦裡還是隱藏著無盡的希望的。

遊子返鄉，拜祖祭宗，浸淫在先祖所承傳下來的濃厚文化氛圍裡，感受著自身運命所擔負起來的職責，細細的咀嚼這一代又一代綿延不絕的情牽。這種情狀，最是我華裔子弟血液中流動著的特殊基因，可以讓我們成長得更有氣質，更加坦蕩豪邁。

一年又一年，龍翔鳳舞，在我們的心間，魂魄裡流蕩著。恭賀新禧，我們吟唱了一遍又一遍。

賜人陽光比拋人冰霜好

對於不懷好意的人，我們常會提高戒心，關注他，也提防他。此類人物的言談、行為，都有矛有劍，旁人看不出來，你卻感受得清清楚楚。上一輩的智者說：「防人之心不可無」，對社會的險惡與小人存在的事實洞悉明徹，存活其間，如入陰險之地，神經稍微鬆懈，可能惹禍上身。人不像刺蝟不像穿山甲，有了一層護衛自己的武器，隨時備用。人只靠一副血肉之軀，隨時提升其靈敏感，才能略微放心地運走。最終能讓人屹立不倒的，還是他的經驗和智慧。經驗是生活體現的累積，一次生，兩次熟，三次以上就有了學問。

學問的產生，其實還需經過很深入的思考運作、探索試驗求證，確保可靠可行之後，才能存入心腦的檔案以備急需之用。「防人之心不可無」據說是我華裔累積幾千年的經驗提煉出來的智慧。代代相傳，時而緊逼、時而鬆弛，依實際的情況而有所行動。那些不聽「老人」言者，吃過一兩次虧之後，還是會乖乖地擇善固執，尤其對年輕一輩再三授示，務必他們安全幸福。在現實生活中，還有更高一層智睿者，倡議「心地光明，行得正，不怕邪門鬼怪」之說，所謂「生平不做虧心事，夜半敲門也不驚」，坦蕩蕩的胸襟，如皓月鋪天，的確可以成為一般人行為操守的指標。畢竟，處處防人、時時防人，太累了！這種負面的、不積極的作為，在不尋常的緊急時期用一用，已是無上的苦楚；在太平盛世的時空裡，還死抱不放，變得自己不敢隨意外出，跟人交談格外拘謹，心門緊鎖，疑神疑鬼，陰魂不散地操縱著自己，生命還有什麼樂趣？因此，當一個人能夠掙脫這煩勞累人的枷鎖，以坦蕩正人君子的襟懷遊騁人間，不懼不畏，剛毅自強，這已是一道更高強的無形戒備之網，護衛著一顆熱忱之心。轉過來，他不必斤斤計較地防人，而是不計成果地付出，關懷他人。賜人陽光總比拋人冰霜的好。這種智慧，也是從生活體驗與實踐裡練出來的。到此境地，人才有資格瀟灑起來。

守時運動的長征之途

《南洋商報》在一月間展開一個全國性抽樣調查，結果發現，華團組織所辦的七十項活動，有超過半數不準時。

守時運動是華人思想興革運動中的一個項目。守時重要嗎？這應該不是一個見仁見智的問題。在這個競爭激烈的時代裡，時間代表的不只是一件必需消費掉的東西，它同時也象徵著金錢、生命。

沒有一個共識水平

推動守時運動，可說是華社的一種醒覺。的確，社團領導人先知先覺，感歎宴請會議等等活動的等人到齊太過耗時浪費，不利重視工作效應和生產率提升的社會，帶來一個大家都大徹大悟的守則，好的確是好了，奈何，能信受奉行的有幾個人？大家似乎沒有一個共識的水平。鼓聲擂過之後，還不是「你等我，我等你」，等來等去，徒然讓時間這頑靈兒暗中竊笑。

從前不能守時的藉口很多，現在還是可以搬來照用，什麼塞車、車子出點小毛病、老友突然駕到、家有急事、忘了準確時間等等，說得出口，就算有了交待。而今，聽說還有更好的理由，反正別人未到，自己早到也沒用；遲到早到都一樣不能拿捏得准，不必為遲到而內疚；不守時已是我們生活文化的一部分，誰相信能準時開桌，誰就傻……理由很多，條條都蘊藏著個人自私的心態。

可不是嗎？早到得等人，是自己難受，遲到讓人等，苦的是別人。自己不守時，就做了很多要事急事大事嗎？也未必。時間也是白白溜過去。就因為有遲到的人，特別是要人，會議或酒席久久不能開啟，浪費的可是一大班人的時間，這種積習難改的文化，是整個社群集體的損失。如前端所提到的，大家失掉的，不只是時間，還有更寶貴的生命資源。讓人感慨的是：已有高人登高呼籲，祈求大家惜時愛命，為什麼大部分的群眾還是那麼的麻木不仁，無法開竅調整自己，作出相應的舉動，讓我們更有尊嚴的面對自己的時間和生命呢？

推展守時運動，自覺不易，覺人更難。積習難除，絕非始於今日。改革社會的風氣，除了要有人走在前頭之外，還得對民眾作出更貼切的溝通、教育；和大家走在一起的時間，不充本領。這是一條長征之路，急不得，可也不能鬆懈下來。

也是一種尊重

字寫得快，可以迅速捕捉泉湧的靈感，有一種滿足感。那是一種很舒暢的感受。曾經想，寫作應該如此，才算「專業」。至於字體是否難看，就不多去考慮了。人不能樣樣都會，樣樣都好，因此遣字造文的人只要造出通順的文句、合情合理的思想內容，就算完成職責了。把雜草糾纏的文稿寄給編者，也不覺內疚。

下決心把字寫好

最近依據自己完成的稿件打字，才知看稿不容易，打字更難。突然良心發現，為什麼不能把文字寫得端正工整一些？至少，別讓打字人員的眼睛太受罪。我平日愛講尊重人家，也時時提醒自己，好好實踐。不能把稿件的文字寫得端莊一點，怎算得是尊重人家？自己的文章既然得勞動打字員的手，那麼，減輕他的閱讀困難，也是一種尊重。更何況，編者每日閱稿無數，見到潦草難解的字，也一樣會頭痛。於是，新年伊始，下決心把字寫得工整些，表示對編者和打字人員的尊重，也是對自己的一種負責。

人生心路向

人有多少時間是花在路上的？人生的道路的確是太多了，怎樣走都走不完。但人不會覺得厭，不會覺得路多不好。路多，選擇就多；有選擇就有機會，這總能帶給人希望和安慰吧！

其實，太多的選擇有時也會帶給人困擾。要選擇路向，心裡總要有個底，知道自己要什麼。這可是不簡單的學問呢！我們到底對自己瞭解了多少？自己的個性、興趣、才幹、能力……更重要的是自己的強弱，優劣。也就是說，在面對時空挑戰的當兒，知道自己的定位在那裡。

瞭解了自己的實力所在，有個把握，才能踏出一步，向前衝刺。若對自己無所瞭解，茫茫然，糊裡糊塗，強裝英勇隨便選一條路走，難免還是會走得心虛。

一般人總愛道聽塗說，人云亦云。心沒把握，缺乏定力，容易生起跟風的心理。見到別人踴躍奔往的路向，自己也怦然心動，跟著前衝。然而，自己的能力與條件跟別人並不一樣。衝衝撞撞之後，才知道浪費了很多心力和心機。當然，此路不適合自己，只得退出，再找新的路向。

人生的路，總是上了之後還要摸索，摸索了之後又再找路。路很多，不怕多作選擇。只是，人的一生時光有限，走錯了一條路，再回頭，可能大半生美好的時光已經消耗掉了！

人生有很多的選擇權利，但是，我們真的有那麼多時間一再不停的選擇下去嗎？難怪有的人一選定了路向，就勇往直前，永不再轉向——回頭。

街頭巧遇

兩個人，一別經年。各忙各的，漸漸失去了聯繫；彼此的身影也在生活中逐步的淡去。當新的人事湧到生活的最前線時，舊的事物漸行漸遠。突然間，在他鄉的一條街道上，兩個人匆匆照面，碰上了。好像電臺調準了波道，音響來了，可以享受資訊闖腦的喜悅。「啊！」的一聲，是驚呼，是雀躍，是甘露滴在久曠的土地上。想不到生活在兩個不同層面的朋友，竟然在這樣生疏的地方不期而遇。緣到碰頭，沒有刻意的安排，也沒有任何的先兆。

原來，當年一別，朋友走了好幾個地方，做了好幾樣工作，最後才在這裡落了腳，駐紮了下來。你還是打著當年的那一份工，原地踏步。偶爾外出公幹，匆匆去，匆匆回，沒有多少可消磨的閒情逸致的時間。

老朋友見面，怎樣忙都能抽出時間來，找個地方敘　舊。就在那間嬤嬤店的一隅，坐下來，各自一杯奶茶，往事近況，尋覓這些日子來存在彼此心間的空白。一些回憶，一些生活的投影……也啟動了心靈陣陣的微波。曾經有過的共同理想，在碰釘和挫折之下，步伐已不再那麼積極了。現實磨練著人，而現實也催促著人的心智成長；以更成熟的態度面對世態變化，籌措人際交往。新知舊雨，都在不同的時刻扮演不同份量的角色。兌現理想的夢呢，願再重燃。

一夕話，有懷舊、有歎往，也有新的憧憬。人生無常，散易聚難。匆匆道別時，兩個人交換了彼此的名片；互相祝福，要保持聯繫。的確，生活逼人，有緣就要珍惜。揮揮手，各自西東後，不知那一日那一條街頭又再相遇？

不一定要隨風起舞

朋友跟我見面，就說：某某團體很亂。

我驚愕了一下。最近回來，我也加入了該團體，參加了一些活動。

朋友說，某某人在講某某人的壞話；又說某某人的作為有問題……

我說，沒聽到。朋友要再說下去，我把話題移開。

他似乎意有未盡，還想搬出團體裡的臭事。

我找個藉口，說有急事要辦，溜開。

他在背後喊：小心某某人、某某人……

我沒有聽進耳。何必？

我不敢說「來說是非者，就是是非人」，但我不願因為一個人的說項，而先入為主地對另一個人產生不良的印象。

那是不公平的。

一面之詞有偏差

事情總有兩面，甚至多面。一面之詞、一人之見，往往會有偏差。

在利害關係上，人往往有成見，也有偏見。

你把成見與偏見都塞進自己的腦袋裡，肯定影響到自己心思的操作。受害者正好是自己，不是別人。

要不要自己受污染，取決權在自己。

很多閒言閒語，不過濾，就成了我們言行的病毒。

用點智慧善巧，身心清淨得多。

一個團體，有的人覺得亂，有的人覺得大家都很好，很正常。

要活動，要推展業務，保持一顆平靜的心，就好。不一定要隨風起舞。

或許，做人也是一樣。

膚淺

從會提筆寫作開始，他有一個夢：要成為偉大作家。寫一流的作品，發表高水準的創作。

報章上的文章，十之八九他看不順眼：水準低，內容膚淺。他很努力，刻意用深奧的文字，寫出凡夫看不懂的文章。

有水準的作品，不一定要很多人看得懂。他說。文學創作是超凡的藝術。志不同、道不合。他的稿很少在報章上發表。曲高和寡吧！

當然，那是很壓抑的事。再好的作品，也不能離開讀者。沒有鑒賞者，沒有知音，誰來發掘他的偉大、給他肯定？

與此同時，他發覺文藝的版圖愈來愈小，有水準的讀者去了哪裡？人文冷漠、社會亂象不少。是社會不關心文藝，還是作家忽略了社會？

想登高峰，山不前來，只好前去。道理他懂，卻沒用上。至到那天，跟一位常在報端發表作品的文友見了面，他才有所改變。文友說：「我不想做偉大的作家，只想讓自己的真心貼近讀者。」他忽然感動起來，因為理想再大，他畢竟離不開人間煙火。先前看不起讀者，也是一種膚淺。

人生的美好在前頭

離鄉十多年，人事幾番新。近些年來，家鄉發展迅速，許多郊野成了新市鎮、店鋪和住宅林立。舊路改變了，新的馬路鋪建起來。從前是落後偏僻的芭野，現在是車馬喧鬧、人潮擁擠的商業中心。當年蒼蒼鬱鬱的橡膠園，而今是鋼骨水泥的民宅……走在街頭上，匆匆擦肩而過的，幾乎都是新臉孔。新的一代成長起來了；而從外地遷移進來的，為數不少。這是發展過程的自然現象吧！

返鄉的心情好複雜。那是長久的渴望兌現後的興奮！然而，長久的隔離後人事變更，對一個土生土長的地方又彷彿覺得陌生起來。因發展而帶來的變化是可以讓人震撼的。其實，這些年來，在外地生活，也同樣承受了種種發展的衝擊，體驗了歷史巨輪輾過的悲歡苦樂。只是，身在其中，跟著時代的腳步走，對於地方變化的感受力沒有這麼強烈罷了。見到了現實的故鄉，才知道跟記憶中的有了差距，跟夢裡的也不一般。重感情的，會懷念過往；向前看的，會讚嘆當前；感受在瞬間繁複了起來。

當年的老鄰居、老同學以及各行業相熟的朋友，有的搬遷了，轉行了，不知去向了；有的老衰病弱了，見了面，或半身不遂、舉動不便；或依靠輪椅、拐杖，才得以移動，的確是到了舉止唯艱的人生境地。而更讓人感懷唏噓的，是提早一步脫離凡塵走入永恆的親戚朋友。人生的變更，從歷史的角度看，是前進而美好的。然而，物會衰，人會老，事事沒有永遠如意，發展的收益中卻免不了有讓人失落的遺憾。你因而激動，難免情傷；而人偏偏是感情的動物，豈能無動於衷？

無論如何，遊子返鄉，總還是欣慰的。內心裡複雜的感受，應是一種身心適應、心靈調整的過程吧。在無常的變動中，我們能掌握多少的因緣，就好好的珍惜吧。我只能這樣的告慰自己。人生的美好，在前頭，不在過去。

忙呀忙！

我身邊的幾個朋友，都很忙。

忙是好事。我們常常這麼說。忙，表示有事情做。日子充實呀。

做人，忙不是問題；不忙，閑得發慌，才是問題。

最近，其中的一位卻在我面前歎息：「一天到晚，忙來忙去還不是為了孩子的上學、補習。載去載回。路上塞車，排長龍……時間就這樣花掉了。」

這位朋友的孩子讀的是名校，離家很遠，我們是知道的。名校的要求高，做家長的就送孩子到處補習。

我們有時會對這樣的父母開開玩笑：「廿四孝爸爸」、「廿四孝媽媽」的，表示他們對孩子的付出做到盡。

我說：「你請個人載送你孩子不就得了嗎？」

他說：「那筆費用不少啊。自己載省錢些。不然，就得兼差賺外快，照樣忙。」

說的也是實情。往深一層想：父母是夠忙了，而更忙的可能是那個被載送來載送去的孩子——忙完學校的課，又忙著一家又一家去補習。他還有時間做作業、自己溫習、閱讀、慎重的思考問題嗎？

而更重要的是：他們還有時間做點家務，學習做人、理家的一些基本技藝嗎？

基本的小事不懂，腦子裡卻裝塞了過多的學識；應考了得，待人處事卻畏首畏尾的，好生困難。到頭來，雖不至於空忙，畢竟，這樣的忙法有意義嗎？

受騙與受罪

生命中，我們可能會不只一次地受騙。是我們愚蠢呢，還是別人更聰明？我們該氣惱自己呢，還是懷恨別人？

我有一位精明過人的朋友，有一回也受騙了。怎麼可能呢？別人可能會問，事情發生後他也一再地問自己。

事情是這樣的：有一回，他去一家官方的機構還錢。錢他早已算好，放在一個信封裡。當時櫃檯只有一位服務官員，還錢的也只有他一個人。他把錢和單據一齊交給官員。官員接過，放到櫃檯下計算。過後抬起頭來對他說：「錢不夠，還差三令吉。」他立即拿了三令吉補上去。待他走出來之後，越想越不對勁！因為在這之前，他已把錢點算了兩回，沒有差錯後才放進信封裡。適才該官員點算錢幣時，是在櫃檯下做的，他根本沒有看到。剛好整個辦公室除了他們兩個人之外，並沒有其他人。該官員指說交上去的錢不夠，分明是有意欺騙他；他也乖乖的把錢交上。過後不服氣，又該怎樣呢？

他很想轉回頭去跟該位官員理論。然而，事過境遷，又能怎樣呢？恐怕是有理說不清！只是，想起來，他就很氣惱！尤其是，他根本就不是一個笨的人，怎麼可以受這種騙呢？

過後很長的時間，他很不快樂！他開始覺得人是不可信的。連做官的人也貪圖小利，他真想搞個方法整他一頓，比方說，設個陷阱，讓他入彀，然後告發他……他的腦筋想得很多，最後，又想到自己竟然會受騙，多沒面子的事！人變得浮躁起來，也感覺到不踏實了。

當然，他生氣。氣別人，也氣自己！腦筋裡兜兜轉轉的，要多不舒服就有多不舒服！只因他自己被騙走了三塊錢。

在煩惱中，他讀到證嚴法師的一句話：「生氣是拿別人的過錯來懲罰自己。」他仔細的想，自己這幾天所受的罪，不正是放不下別人所犯的錯過嗎？

他忽然間想通了，輕輕的把心頭的煩惱放下。唉！因果自受，自己真是庸人自擾了！

已經發生了的事情，就讓它過去吧！

他忽然覺得，自己放下的，不只是煩惱，也是一種我執。

初會洪清木

午間接到洪清木校長的電話，知道他前來雙溪大年，約見在銀行街的某咖啡店。我因為尋不到泊車位而兜了幾個圈子。人到咖啡店，洪校長先出來迎接。雖然初次見面，卻一見如故。當然，在這之前，我們已有過幾回書信來往，多回的電話聯絡。聲音聽過，我的照片他大概也看過。我們的認識，是傳統的以文會友。

洪校長比我早退休，精神依然矍鑠，談文說藝，如數家珍。雖然兩人都曾經服務教育界，卻因為時空的不同而錯過，沒有緣分邂逅。二〇〇四年尾，我退休後，為報紙文藝版組稿，他來稿支持，還附了信函；我禮尚往來地給予復函。他知書尚禮，平易謙卑，結果，我們互相稱呼對方校長，改不了口似的。

人與人之間的認識與交往，各有不同的因緣和方式。緣分這東西，可也太奇妙了。因緣不到，同住一條街上也可能沒有打交道。因緣具足，相知相識也水到渠成。往後的演變如何，還看彼此間會否真誠相惜。

我把洪校長請到寒宅敘談。內人在加基武吉服務過的學校，也是他印象深刻的杏壇所在，曾投身培育後進。當然，他們有了投機的話題。之後我載他去拜會他的一位老同事，見了面，對方很好奇：「你們才第一次見面，為什麼會這麼熟絡？」是的，我們是第一次見面，卻不是剛相識。我們早已透過文學的因緣，在互相敬重中深深交往了。這段彼此退休後才發展起來的友誼，對我來說，更是彌足珍貴。

距離

地球村的時代，交通發達，傳訊快捷，人與人之間的距離拉近了。人不一定要在面對面的當下才能溝通。一通電話，一個短訊，一則電郵，不管對方離你多遠，溝通起來就猶如兩個人近在咫尺似的。空間的有形距離已不再是真正的距離。現代的高科技發明已經破除了空間的局限。電腦已是現代家庭必備之物，行動電話更是現代年輕人的隨身寶。無可否認的，這兩項發明已經大大的改變了現代人的生活。其他的發明以及交通設施的改進，如環宇電視、高速公路的提升等等，也縮短了時空的距離，促進了人類的進步。

在交通工具和設施不斷改進之下，從一地到另一地，從一國到另一國，的確是快捷神速，造成旅遊業的發達，人們花在路途上的時間愈來愈多了。出國度假，往名勝地觀光，已逐漸成為一般人的選擇。出國開會，向國際名家取經，也日漸普遍起來。商家學者，經政名人，是不是就得乘搭飛機，穿越雲層，到幾千里外的都會區建通道、談大事。這種緊湊與繁忙的生活，別說幾千年前，就是幾百年前的人，大概也不曾想像得到吧。傳訊發達讓人節省了時間，舟車勞頓的旅程有剝奪了不少人的寧靜生活。對很多積極拚搏的人來說，也對此習以為常。

進步帶來了改變，改變又逼得人不得不去適應另一種節奏緊逼的生活。在這樣一個地球村的時代裡，人們的見識廣了，生活形態也改變了。空間的距離不再是拉遠人們的因素，真正拉遠人們的，是心的距離。遠方有知交，近鄰反而陌生；對社群冷漠，對天外的世界可又熱情……時代變了，思想守舊的人將何以安適？

一視同仁

當有人告訴我，他對每一個朋友都一視同仁的看待時，我真的好想知道，他怎樣做得到。一視同仁，不分彼此。理論上是對的；待人處事，態度上也似乎正該如此。然而，理論圓融，未必在實踐上也天衣無縫。

理論是實踐的根據。然而，一個上好的理論，人們在實踐的過程中，出現種種偏差、錯漏和失誤，也不時在發生著。有時候，理論太完美了，反而不容易實踐。有的是有心無力，有的則是因為實際情況跟理想中的差了一大截。世間事，複雜萬端，想面面俱圓，談何容易？

面面具圓談何容易

怎樣對待朋友，就是一個很現實的例子。在合群的社會裡，朋友到處有，組成了我們廣大的交際網路。有的新交，有的舊雨。有的初識，有的深交。有的是知心密友，有的則點頭相識；有的誠摯，有的別有機心；有的慈祥友善，有的心口不一……面對著這麼多情況有別的朋友，如何一視同仁呢？我就做不到。對你時時關懷、愛護有加的朋友，你對他付出多一分的心力，不過分吧！反過來說，一個對你冷漠、甚至背後離間你和摯友間的關係的所謂朋友，你還能熱情以待嗎？

對待朋友，要講情講義；在必要時，還得以理智來權衡：有困難的給予幫助，有挫折的給予鼓勵，有成就的給予鼓掌……各個朋友的背景和狀況不同，交情深淺不一，如果一律都「一視同仁」，反而是不恰當的。你說呢？

參加社團組織

社團組織，彰顯了群體結構在社會成長中的重要。社團需要個人的參與，以充實它的內涵機理；個人也需要社團作為依靠和充實自我的地方。彼此之間是相輔相成的。就好像身體的存在，靠的是各個器官的操作。那必然是一種和諧存在的狀態；如果某個器官的操作出現了問題，這個身體就病了。病體要醫，必然要找出病源的所在，把有問題的那個器官調養好來。

社團組織裡，人人各守本分，各盡其力，協調配合，才是團體健康操作的要道。社團是讓各人發揮和奉獻己力的地方。有的人加入了團體組織，卻被動到如同冬眠了似的。不能為團體發揮自己的效用，自己就如同身體內死了的細胞，不但沒用，反而有害。這種人如果沒有自知之明，還逢人就批評有關社團組織的不是，這必然會對團體造成傷害。

一個人願意參加社團組織，就是認同了該組織的重要性，確定把自己融入其中，成為它的一個有機分子。在社團裡的所作所為，當然要以該團體的總體利益為重。自己不是完全不重要，而是不妨縮小自己，切入組織裡，成為推動整個機器的小小配件。團體的利益，就是個己的利益。團體壯大，也是個己的壯大。所謂群策群力，好處才能讓大家分享。如果看到團體有問題，就的審視自己，調整步伐，以求達到共識，去除摩擦，才是辦法。不然，就做個個體戶好了，還參加什麼社團組織？

對自己負責

曾經遇到過一位師父，向他請教做人的道理。他說過一句話，我至今不忘。他說：「如果你失敗了，你要對自己負全責。」聽起來簡單，仔細思考，就不這麼簡單！

一樣事情搞失敗了，我們總會有很多理由。十個之中，大概有八、九個是指向別人、環境的；很少人能直指自己的過錯。而且，自己的錯，彷彿也是因別人而起，自己只不過是一個受害者。「若不是他的誤導，我也不會一時糊塗。」「都是XX害死人！造個陷阱讓我跌進去。」「XX的心腸不好，在背後破壞我，說我壞話，讓我失掉了很多的支持票。」……這些話，往往可以遮掩自己失敗窘局，平衡一下自己心理的挫折。

過後，也不會認真的去檢討。當然，無法從中得到什麼教訓、啟發。往後還可能再重犯，再遭逢挫折、失敗。

我們常常不能體會：客觀因素能夠帶給我們破壞，正好證明我們有弱點存在。或許是努力不夠，或許是對真相瞭解不透徹，用錯方法，努力的方向不對了。換句話說，自己的知識、學問還有局限。要避免今後的失敗，除非先從自己這方面下手，改善和提升自己各方面的能力。

做任何事情都好，一個不願對自己負全責的人，口中所說的任何理由都難免含有藉口的成份。所有的藉口，最終受害的，是自己。只有肯對自己負全責的人，失敗不會永遠纏著他。我只怪自己當年聽了師父那句話，沒有認真的去思考，然後拿來活用；不然，我早就是成功人物了。

網上的寄託

有人說：年輕人不會寂寞。年輕人精力充沛，滿腦子的好奇，尋求生活的滿足感的點子多的是。戶外可以找志同道合的朋友，戶內也可以有自己的創意天地。他們可以讀，可以寫，也可以上網。年輕人一進入網上的世界裡，要多新奇就有多新奇。

年輕人真的不會寂寞嗎？他們的生活除了富足、多姿多彩之外，就不會有失落的衝擊、茫然和彷徨的時刻嗎？他們不會在尋找人生路向的時刻跌撞過、急盼高人的提攜嗎？一個六情七欲的年輕人，這些經歷和感受都會有的。畢竟，這是成長過程中極其自然的事。沒有寂寞過，誰會更珍惜自己努力爭取到的璀璨時刻？

因為寂寞，很多年輕人在網上找到他們的激情世界，雖然，網上世界是虛幻的。

寂寞的人愛上網

當年輕人感受到現實生活裡人與人的距離是那麼的遙遠，投入虛擬世界裡的時空觀念又被拉近了。一個不相識的遠方來客，可以透過鍵盤的聯線，作出交心的懇談。一些在現實生活裡不敢碰觸的話題，在網上可以傾瀉無阻。這種爽快，猶過於跟知交剖心。的確，寂寞的人兒，上了網，進入忘我的溝通情境裡，寂寞的霧霾也自動的消散了。

很多上了年紀的，不明白年輕人的情意結，直指他們在網上浪費了太多寶貴時間。這種大人的過慮只對了一半。年輕人不務「正業」，沉迷網間，當然不理智；然而，他們也在這裡找到了精神的寄託。

年輕人迷上了網際網路的世界，應是大勢所趨，無可厚非。我們以及所有年輕人應該關注的是：如何從網上的虛擬世界走向活生生的現實世界？網上不應該是生命的逃避所。不然，人生這麼虛假，還會有什麼意義？

隱憂

我們的社會很重視教育，為了建校辦學，很多人無怨無悔地奉獻了時間、精力和金錢。我們希望下一代接受優良的傳統文化，有好的學校和老師循循善誘，產生有素質的學生，成為可以擔當重任的未來國家主人翁。

對教育的要求高，不時過問老師的教學方法，一方面難免造成對老師的壓力，另一方面又促成大家的檢討、議論和省思。負責任的老師坦然地面對這種現實狀況的挑戰，設法調適自己，以滿足家長和學子的需求；然而，也有一些「當一天和尚敲一日鐘」的師表，得過且過，以自己一套陳腐的教學法，讓學生悶「死」在課室裡。沒有啟發學生，也不能開拓學生的潛能。久而久之，學生成了僵化了的考試機器。

當一個人學不好，不成才時，我們往往把將矛頭指向學校和老師。當然他們有責任，不過，父母、家庭和社會也不能說此事與自己無關。孩童的學習是很全面的，任何時地都在進行著。當各個領域所強調與展示的生活形態、思想觀念、行為價值，都有所差異對立時，孩童難免因為混淆而無所適從。一旦學校奉行高壓手段，只准學生惟命是從、不可過問是非後，在這樣壓抑狀況下成長，他們的思想行為能不偏差嗎？這種隱憂，有識者的感受最深切。

知交的關懷

朋友有很多種，能夠和我們談天聊心事的，最稱心愉快。特別是生活上遇到了困難，心裡頭的苦楚如千斤重的擔子，把人折磨得食不知味、睡不安寧；在這樣的失意時刻，朋友觀顏察色，先來個慰問，再慢慢的打開我們的心扉，讓我們發洩心頭鬱積的苦悶，幫我們打開糾纏不清的情意結。

他們把時間撥出來，陪伴我們；他們把耳朵敞開，聆聽我們的心聲；他們也把胸懷放寬，容納我們的囉嗦、甚至是沒有頭緒的語言垃圾……漸漸的，我們的心情調複了。痛苦和不安消除，就有了勇氣面對困難。

原來，在我們痛苦的時刻，我們最需要朋友的關懷；也最能感受到他們的那片心意。朋友的付出，讓我們感受到友情的溫暖。在飽受了冬天的冷冽寒凍之後，萬物欣然迎接春天的和暖，也感恩陽光所帶來的麗亮。

友情也是這樣的：在飽受生活的挫折、心靈的傷痛之後，對於一雙搭在我們肩頭的手，我們何其感動！關懷是心與心溝通的橋樑。朋友耐心的聽你傾訴，以生動有力的語言表達他的熱忱，以滿臉的喜悅展現他對你的支持……他在你最彷徨的時刻出現了，讓你忘卻了人間的冷漠，鼓起信心；他是你的恩人，你真正的知己。

當然，這樣的知交，在銅臭味彌漫的社會裡，的確難尋；人人互相利用，就難有真情的往還；人人為了小我的利益而爭奪，就不會有純情的付出。真正的知心朋友，是那些已走出這種世俗框框的少數品種。只因其少、其難得，他們更加顯得珍貴！更值得我們珍惜。生命中，能得一兩知交風雨同行，再多的困難，也不必害怕去面對。

巴士成了夜床

晚上十一、二點登上巴士，次晨五、六點抵達吉隆坡。洗刷，用完早點，可以開始一天的工作。待到晚上，一切事情辦妥，我又可以再乘搭巴士回鄉。這種便捷的旅程，是我這些年來生活的一部分。可以說，已經相當習慣了。

一般人晚間坐長途巴士，最怕睡不著，或者睡不好，第二天沒精神，無法好好辦事。不常出遠門旅行的人，對生疏的環境會特別敏感，別說在巴士上睡不著覺，就是在旅館裡，遇上新的床鋪，也會難以入睡。我年輕時出遠門，就常常碰到這種情形。後來，為了在工作的餘暇多讀一個學位，只好訓練自己，一坐上巴士就閉眼養神、休息，睡覺。一會生，多回熟，習慣了就行了。

我常對自己說：你是勞碌命，不必在乎睡得舒適不舒適，有個地方躺著睡就很好了。漸漸的，以一個平常心登上巴士，把坐椅調斜一點，讓脊背舒暢一些，闔上眼睛，慢慢享有一張奔動著的「床」。這一夜，就在迷迷糊糊裡前進了。我也常對自己說：這樣的睡法，更有意義，因為你已經爭取到了時間。在睡覺中，你已經被送到另一個市鎮，你可以把省下來的時間，交給學習和工作。

因為慣了，巴士成了我的夜床，讓我由衷的感恩。因為慣了，我沒有了挑剔。只覺得，現代的交通方便，幫我解決了很多時空的障礙，讓我得以快速的完成工作，我的福報可真也不淺。

禮讓

從前念書，學習禮讓。老師講了孔融讓梨的故事，還要旁及很多古人先賢的例子，加強小小腦袋兒的印象；更要把生活裡可行該行的舉止，再三加以強調，務必我們也有樣學樣。幾經調教，我們都懂得「大的讓小，幼的讓老，健壯的讓老弱的」的道理，也常回以此為尺度，衡量自己，也測試他人的禮讓精神。

同學間偶有爭執，道理僵持不下，和事佬搬出禮讓的金字招牌，在顏面不失的情況下握手言和，常常是一個很好的下臺階。喜慶時刻街頭演酬神戲，我們孩頭兒霸了好的位置，父執鄉親到來，也懂得讓位敬老，偶爾聽到「乖孩子，有禮」的贊許，再加上半禿的頭兒被大人的手摸一摸，感覺到好欣慰。原來，禮讓被社會認可，我們一般人做起來就自然舒坦。

不知道從什麼時候開始，禮讓之風漸漸在社會裡微弱了起來。櫃檯前買票，車站處登巴士，往往爭先恐後，你推我擠，怕輸的心態寫在冷漠的臉上。城鎮的巴士車內人擠人，霸到位子的有幾個人肯站起來讓位給老弱？最近看了一則笑話，抄在這裡跟大家分享。

巴士內，一位大腹便便的婦女，擠到一位坐著的青年面前，開口道：「你沒看到我的肚子嗎？」

青年遲疑了一下，說：「哦，那……那……那肯定不是我的孩子。」

閱畢，我覺得好笑，往深一層想，我笑不出了。是這位青年誤會了孕婦的意思嗎？還是他精明過人，故意曲解婦女的原意，不肯讓位給她？一則笑話，彰顯了禮讓精神的蕩然無存。我們置身這樣的時代，可有省思？

食物中毒

朋友電郵了一份資訊，讀後心驚膽顫，事關食物中毒。臺灣一位婦女，有一天無端端七孔流血，送到醫院後死亡。家人驚愕不已，醫生檢驗後，發現她的體內有砒霜。這之前她完全沒有自殺的傾向及跡象，醫生不敢掉以輕心，更仔細的調查、檢驗，最後發覺該婦女每天服用大量的維他命C，又嗜好吃蝦。事發前，她每天無蝦不歡，大量享用。醫生的結論是：她服下的維他命C和她肚裡大量的蝦起了化學作用，產生了砒霜。

醫生證驗結果，認為蝦中含有濃度較高的十五鉀砷化合物（即砷酸酐），和維他命C滲合後，變成有毒的三鉀砷（即亞砷酸酐），也就是一般人所知道的砒霜。砒霜能麻痹毛細血管，使肝小葉中心變壞，心、肝、腎、腸充血，上毛細胞壞死，毛細血管擴張，造成七竅出血。

蝦並沒有毒，但一和維他命C起了化學作用，竟然成了毒品。想不到愛吃蝦的婦女為了保健，服用大量維他命C，竟然中毒死亡。別說她無知，我們一般人對於這種現象，還不是一樣的懵懂。健康的食物搭配不對，竟然成了毒品！我們不能不小心！

據說，這個時代，很多病痛都是吃錯東西所造成的。吃是一種必須，也可能是一種享受。然而，吃錯了，就要付出代價。像上述婦女無端端葬送了生命，那就太不值得了。生活中，多一些飲食的知識是好的，可以減少食物中毒的機遇。

救人

朋友電郵一則發生在中國的真實故事給我，讀後內心澎湃不已。趁機寫幾個字，或許可以敲擊更多顆迷糊不覺的心。

一輛中型巴士女司機載著一車乘客依著盤山公路前進，三位持槍歹徒的乘客色心突起，強逼女司機下車到一旁的草叢裡「玩玩」。女司機呼救，車裡十多個人，只有一位奮起幫忙，卻鬥不過歹徒而被打得一身傷。女司機被淩辱後，衣冠不整地回到車裡，把适才被打傷的瘦弱男子趕下車，繼續上路。男子百思莫解，內心不能平復。直至第二天，讀到報紙上的新聞，才知道伏虎山區發生了巴士撞落山崖，司機和乘客十三人全部死亡。報導的正是他被趕下車來的那輛巴士，他不禁淚落滿臉。

中年男子的激動是可以理解的。巴士車上，他救人無功，幫不到女司機；然而，他的這一個善念卻讓他得以從災難中解救出來。回頭一想，他猛然發覺，原來該女司機趕他下車時，她內心裡已經在計畫著一宗轟轟烈烈的殺人及自殺行動。這個社會太冷漠了：一車十多個人，肯出面援助她的，只有他一人。其他的，竟然眼巴巴的看著她受辱而無動於衷。女司機在失望之餘，以「同歸於盡」來報復這些人，趕他下車，看似無情，實際上，這是她報答他的辦法。

救人知救己，全看自己有多少的用心。對人有憐憫關愛的心，縱然自己個子小、能力不大，肯及時給人伸出援手，照樣可以觸動人心，產生感動的力量。有時，力之不逮受到挫折，外表看來，是失敗了，可也未必。你對人是怎樣的用心，你也會收到別人相同的用心。助人如此，害人也是同樣的因果律。

從這一則發生在中國的故事，回過頭來看看我們自己的社會，冷漠與無情的面紗，似曾相識。由此聯想下去，我們可有從中汲取教訓？我們又該如何去自救與救人？

月滿人圓幾回有

人生有一些美好的時節，讓人嚮往，激蕩情懷。中秋月圓，古往今來，情牽者不只是詩人墨客；皓月千里，玉盤高掛，激起多少人的神思、緬懷和凝望；大地山河，一瀉無盡的繫念。

中秋月皎潔，人間晴偏好。可是，月圓花好的時節難得幾回有。當一切美好的因緣都具備了，我們才有機會享有這種時刻的圓滿。一年一中秋，然而，我這個年齡接近一甲子的人，記憶中月滿人圓的好時節也沒有幾個。年少窮極顛沛的歲月不談，青春感情澎湃的日子，和心愛的人兒對著一輪圓月剖心寄意，似乎也不過三幾回。成年後為生活奔波，人在異鄉，中秋懷故思鄉，月圓人不圓，常有的事。有時匆匆趕返鄉裡，卻又碰上時雨雲遮月，陰鬱的氣流間好似流闖著無言的遺憾。

不圓滿是人生常態

或許，這就是最真實的人生。誰不希望月圓人齊花好？奈何欠缺、不圓滿才是人生的常態。古今的詩人騷客曾為此留下了無數讓人吟誦不已的詩文佳構。年輕時我也常為此而憤慨、氣惱，繼而耿耿於懷。現在閱歷多了，對現實的殘缺反而可以淡化處之。月滿人圓，舉杯可醉；這種佳境遇不到，則退而求其次，獨酌寄情懷，至少，前頭還有美好的情事可期待。向前望，總還有人生的美好。

節慶

慶節好像是生命的里程碑似的，迎來了一個，忙碌中有喜悅，禮儀裡蘊含著意義。之前的期待，過後的淡靜，是一個很自然的過程。眨眼間，又迎來了一個。日子把我們推進另一個高潮。

每一個節慶裡都躲藏著一個傳統的魂，隱隱約約地要人們去回味一些古遠的記憶。那是先祖們在生命奮鬥中遺留下來的較為扎實的族群神髓，通過節日的演繹，又滲透了我們的血液、精髓。

祖先們還未漂洋過海的那片廣垠中原上，春天迎春節、再祭清明、夏迎端午、秋慶中秋、冬拜冬至——節慶如走馬燈似的，一個有一個的別緻、特點、也都能掀起各自的高潮。

而今，在這塊四季隱形、常年皆夏的熱帶土地上，我們秉承著遠祖播下苗種的精神，努力灌溉，讓文化的根繼續伸延下去。於是，節慶成了與我們生命緊緊相扣的環節。節慶成了我們每年生命裡的主要節奏。

每一次的張燈結綵，燃香叩拜，都是心胸敞開、繫念過往的一道橋樑。外在的行儀，彰顯內心的誠敬。先祖們每個季節裡的勞作成效，際遇歸納，早已濃縮成可以慶祝、紀念的節令。後人沒有忘記前人刻骨銘心的生命印跡，當時間又轉回到同個時序時，自然產生緬古懷舊的情懷，借慶典來彰顯自己心之所繫。

節慶標誌著時序的流轉中，人們並沒有拋棄傳統的包袱。每日辛勞操作，再艱苦也要盤算、策劃過一個較豐裕的節日。祭豐禮厚，正好告慰上蒼自己一家人還活得莊重自強。平日可以簡陋樸素一點，節慶多花多消費，正是為了表達自己的虔誠敬畏。

傳統是一道血脈，通過節慶，從遠古流到現在，一代過一代。形式會因時地的變遷而改易、適應、調整；然而，心脈相通，對祖先的虔敬，往往都在對節慶的執著而大事慶祝中釋放了。

節慶的魂魄，飄灑著喜悅情懷，也含藏著幽幽的古情。當傳統流在我們的血液中，節慶就如營養般的把我們養大，也漸漸的教誨我們，讓我們在這段人生之旅中漸漸走向成熟。

煞車

當生命像一輛長途巴士，在人生的道路上滑行時，它引擎的能量自然是動力的源頭。引擎壯而健，一經發動之後，往前直衝，把目標鎖定，抵達只是時間上的問題。

實際上，生命行駛的問題往往被簡單化：發動了引擎，就可以一路暢行，風雨無阻，只不過是我們一廂情願的欲求。真實的情況上了路才會一一展現出來。路段的建構如何，氣候的陰晴雨暴。那一個環節出現問題，都可以波及其他，或危及其他。

我們每個人生命的運行，也恰似一輛長巴上路。

而且，道路不會永遠平順。有時上山，有時下坡；有時拐彎，有時來到十字路口，交通燈遠遠就發出了警示：該慢該停，該前沖，都得順應隨從。這時刻，巴士的煞車器就得發揮其作用。如煞車器不完善，運作時有缺陷，後果嚴重，車該停卻又控制不住，繼續前沖只有撞人撞車撞山壁，甚至撞過懸崖，直墜深谷。一流的引擎如果沒有配合完善的煞車器，司機無法操作自如，長巴內搭客的生命，危在旦夕矣！

我國近來發生了幾宗長巴翻覆人命傷亡的事件，事後追究，據說一些相信是司機在危急時煞車不及，制止不了厄運的蒞臨。

生命如長巴，不是永遠都可以前沖不息的。在該轉彎、該停息的時候，就得讓煞車器好好操作，放緩、停頓，在適當的時候，是必要的。不懂節制、止息，只會盲衝瞎撞的人生，是危險的。

兩條船

清朝皇帝乾隆下江南，在鎮江金山寺見到了高僧法磐，共賞佳景。言談間，乾隆皇帝有感而發地向法磐問道：「長江如此繁華，每天船隻來來往往，你可說得出有多少條船啊？」

法磐似認真又似開玩笑的說：「皇上呀，只有兩條船。」

乾隆不解：「怎麼可能只有兩條船？」

法磐破解道：「一條為名，一條為利。長江上來來去去走動著的，就是這兩條。」

法磐法師的話點出了當時的世道人心。其實，他的話，用在今天，也還是站得住腳。

的確，推動社會前進的，少不了名利這兩條船。

尤其是在商業社會裡，官場顯赫之地，因名因利而官商勾結，營私腐敗。名可光宗，利可致富；但是，人心不足，貪得無厭，也可以身敗名裂。

一兩成的市井小民，頭腦清醒、心思明澈，內心裡有一把自己的道德尺度，就可以處污泥而不染，不為名利而心動。這種人如老莊的無為則剛，他們有自己的孤寂，可也有自己心靈層面的富足。名與利這兩條船，在一般人前金光絢眼，充滿誘惑，沒有幾個人可以不動心。能夠視名利如糞土的，不是高人，就是經過一番修為之後，徹悟明道的善知識、真君子。

在現實社會裡，名利之船，可載人，也可覆人；就看自己是善用以利己利人，還是貪腐蒙蔽以致害己害人。道德準繩的拿捏，在每個人自己的手裡、心間。

用心

去朋友的家，喜歡抱一抱他的孫兒小陽。

孩子多數害怕陌生人。剛抱小陽時，他十分抗拒。多回造訪後，每次都設法與他親近；漸漸與他熟悉了，小孩的戒備心才解除，從避開你到最後允許你摸他的頭，握他的手，再把他抱起來，彼此倍感喜悅，格外親切。

贏得了小孩的心，就贏得了他的信任。

人間很多事物，何嘗不是一樣？從陌生到熟悉，從沒有什麼感覺到喜歡、熱愛，都要經過一番用心。用心愈真、愈誠，就愈有好成效，愈容易產生感動。

用對了心，陌生變熟悉，害怕轉放心，生怯成親切。

我學到的是：如果一個人老是對我們冷漠，不要氣急敗壞的去詛咒他，還是先靜下心來檢討一下自己——可能，是我們用心不當了吧。

對一些事，總是做不好，該怪的不是那件事；而是應該靜下心來好好的檢討一下自己。或許，也是自己用心不當吧？

嫁個有錢人

從前的人談婚論嫁，講的是郎才女貌。腹有詩書、談吐有風度的才子，配上貌若天仙，沉魚落雁的美女，不但令人欽羡，也成為一時的佳話。退而次之，講的是門當戶對：才貌雙全，絕不嫁低三下賤。現在的情況繁雜得多了，人們生活經驗豐富，見識廣泛，思想如百花園般包容並蓄，可也現實得很。不能說當今已沒有郎才女貌這等美事，門當戶對也是個選項。經過時代風風雨雨的磨煉，人們更精明了。談婚論娶，待字尋嫁，有的率性而為，講的是緣分和心的感受；有的精打細算，以求最大的保障。從不同的角度去考量婚姻這回事，也可探索出人生的多姿多彩。

如何才能嫁到金龜婿

不久前美國一位二十五歲的美女，自認樣貌嬌人，品味佳好，是一等一出得了廳堂的可人兒。她在網上表示自己想嫁一個年薪五十萬美金的有錢人。她認為她的姿色絕對配得上。她的問題是：怎樣才能嫁到這樣的一個人，還能確保自己終身幸福。她也想知道這類富豪平日是怎樣消磨時間的。結果，一位年薪超過五十萬的金融家叩應了她的網頁，對她的籲求作了一個分析，十分有趣，也有道理。

他說：她所尋求的是一種交易，她有的是迷人的外表，她要的是出得起錢的商賈。以華爾街的術語來說，每次的交往是一個倉位，即交易倉位（Trading Position）。她出的是美色，要娶她的請出錢。她的美色是會隨年齡的增長而貶值的，而富豪的錢則會年年增長，會升值。富豪不能長期擁有她的美色。不出五年，當她的色衰了，他也厭了。他只好把這倉貨抛售。因此，聰明的商人就不會購入這倉貨，他寧可租賃。而今，笨的商賈不多，因此，她想嫁個金龜婿享福人生，恐怕沒這麼容易。最後，他還勸導這位美女，與其想嫁一位年薪五十萬美元的有錢佬，不如自己擁有年薪五十萬來得實際可靠。

這位金融家給美女的分析和勸導，值得我們思索。他的比喻很契合當今的人情世故，思想軌跡。現代人重利欲、輕感情，對婚嫁的觀念也起了變化。誰不想嫁個良人一生幸福，奈何現實容不下人的一點點天真。有時，幸福彷彿就在眼前，唾手可得；有時，卻遠在天邊，遙不可及。你若是美女，是否也想嫁個有錢人？

生命沒有退休

年紀大了，和有年紀的朋友碰面，不免談到退休以及退休後的種種生活情況。「退休後做什麼？」是一句簡單的問題，但對不同的人來說，卻有不同的反應。有的人退休後依然忙碌。甚至還找到另一份工作。他會很樂意告訴你現在的工作。如果做的是銷售，廣告這一類的，他更樂得跟你溝通，廣結人緣，多多益善。然而，有的人並不太樂意你提出這樣的問題。他會說：「既然退休了，還做什麼工作？」似乎，你問的是一個很蠢的問題。

實際上，人不可能在退休後完全沒有事情做。雖然沒有了工作，總要做些事情才能夠打發時間。完全沒有事情做，那不是生活……除非病倒了。生活裡不能沒有活動——活著就要動嘛。所以，只有找些事情來做做，日子才能過，也才能過得有意義。心有嗜好的，根本不擔心退休，反而歡迎手頭多出來的時間，可以任用不嫌。不管喜好的是畫畫、歌唱、文學還是舞蹈之類，總可以讓自己更加投入，怡情悅性。心有所寄，就不怕寂寞。更何況，在各自的圈子裡，還有志同道合的朋友。身懷一技，生活沒問題；身懷一藝，到老不寂寞。

有的人領悟到生命不是一個孤島，不能自我封閉。退休後放下身段，正好積極投入社群公益的活動。關懷貧弱、協助病老，給社會點燃多一些溫情。反正自己時間有的是，就多一點付出。這種回饋人群社會的活動，可以給人希望，也增添自己的喜悅，十分有意義。

當然退休後的並肩活動也不能忽略。晨昏散步，舒精活血；跑跑步、打打太極、練練拳……不但打發時間，也保住身體的健康。家有孫兒的，抱抱玩玩，嘻笑間，彷彿找回了自己的童真。那也是可貴的樂趣。

所以，人退休了，工作告一段落，活動可沒有少。除非是自己放棄。觀念清晰的，不會這樣做。退休不必寂寞，而且還可以活得有意義。我有一位退休的朋友，就告訴我：「職場可以有退休，生命沒有退休。」他的話，一直震撼著我。

成就自己

天下的事情很多，可以做的的確不少，卻未必樣樣做得，樣樣得去做。不同的事情由不同的人來做，不必人人相同。百花齊放的世界，才不單調。更何況，人有不同的家庭背景，不同的天分秉賦，加上志願與興趣各異，能做什麼，想做什麼，也就大相徑庭了。

職業與工作，其實是個人的選擇。選到一份自己想要的工作，大快胸懷，不但能勝任，也可以有所表現，發揮所長。機遇很重要，但先前的準備更重要。自己在所興趣的工作上理解透徹嗎？自己是否下足功夫把相關的學問和技藝摸熟？如果這一環的準備功夫做不好，那麼，當機會到來時，自己也無法被接納。機會往往是讓給有準備的人的。

好學廣識的好事，但要事業成功，還得把心收斂，作專門的探究，專心的研發。用心要專，心力才能集中。一般人的大患，是貪多心散，精神沒有凝聚起來。事情當然是做得很多，卻浮泛得很。精力消耗了，收穫卻不多。

古人強調：專精一藝可成名。這句話值得大家去消化。有成就的古代名家，愛詩的一心在詩；愛畫的專攻畫藝。世間俗事，他們可能愚魯，但對自己的專長，卻可以深入淺出，無所不談。原來，能夠把精力集中起來，好好用心，是打開成功竅門的鑰匙。

玩世不恭雖然很寫意，卻不利於在事業上造就自己。大作家歌德說：「誰過玩世的日子，就不能成事；誰不聽命於自己，就永遠是奴隸。」

美國鋼鐵大王安德魯·卡內基說得更明確：「獲得成功的首要條件和最大秘密，是把精力和資源完全集中於所幹的事。一旦開始幹那一行，就要決心幹出名堂，要出類拔萃。」想在事業上成就自己的，這肯定是金玉良言。

沒事

在中國時，遇到一些朋友，常會把「沒事」兩個字當口頭禪似的，掛在嘴邊。

談話間受到對方的挖苦，難受的事、難聽的話衝著來，的確是很難堪的事。朋友開始是臉色低沉下來，眼睛睜大，看來一場爭吵是在所難免了。然而，朋友深呼幾口氣，心平靜了下來，也就不開口了。我們問他：「你還好吧？」他說：「沒事沒事！」強裝笑容，真的不當一回事了。

還有一位朋友，在另一個場合，跟大家談起過往。不知不覺中觸及到自己的瘡疤，情緒控制不住，聲沙了，淚落了。大家不知如何是好，有人拿出紙巾給他。他連聲「對不起，我沒事的！」有人說：「沒事就好！」

另有朋友，被匆匆奔走的青年撞到，跌破了握在手中的小杯。青年賠罪，他卻「沒事沒事」的給予安慰。一場可能鬧得很不愉快的事，卻在沒有咎責衝突的氣氛中收場。

還有很多因「沒事」而化解問題的例子，讓我驚歎「沒事」這口頭禪的好用。漸漸的，我不但聽習慣了「沒事」，也喜歡上了它。

我想：「沒事」蘊含的是一種胸襟，是一種待人處事寬宏大量的豁達。當事情發生了，嘴說「沒事」，是對自己大方，也對別人體諒。這個口頭禪，跟「對不起」一樣，給自己開拓的是一個容人的寬敞天地。

對任何不如意的事情，「沒事沒事」，一股積極的力量升起來，問題總會解決。多美妙的心態呵！

準備好，才能迎接機會

不只一次，曾有學生問過我：「老師，為什麼要讀書？」這是個大題目，花一兩個鐘頭，也的確談不完。不過，每次告訴他們讀書的重要時，我總是想強調：「讀書是為了準備好自己，迎接隨時可能出現的機會。」

記得中學時代，有位同學，家境貧寒。他讀書比別人勤勞，學習比我們加倍用功，敢拼敢衝刺。中四那年，他以私人考生的名義偷偷報名參加了劍橋文憑考試，成績雖不理想，卻剛剛好過關，拿到了中五生才能考到的文憑。結果，升上中五，母校的三年級班缺欠一位老師，他就被拉去當了臨教。有了教書經驗，他把握機會，當師訓學院招生的新聞一發佈出來，他立即申請，順利參加受訓，比其他同學早了一兩年成為合格教師。他懂得把握時間，把書讀好，也讀得比別人多而快，於是，當機會出現時，他已準備好，所以，他如願的達到自己的希望。很多不努力讀書的同學，把時間蹉跎了，中五的劍橋文憑考不到，別說升大學，就是出來社會找份工作糊口，也一再碰釘子，生活在挫敗中。為什麼？當自己沒有把書讀好來，就沒有能力去迎接隨時出現的機會。

對於沒有準備好的人，許多機會，往往與自己擦身而過。此時醒覺，立即發奮圖強，好好努力，準備好面對下一個機會，雖然是遲了些，卻比永遠沒有準備來得好。錯失一次機會，是糊塗，是膚淺；然而，如果每一次的機會都錯失掉，這可是愚蠢了！人生的機會都是讓給準備好的人。你要成功，就得及早作好準備，不是嗎？

坐擁書城人富足

我手頭上有一篇剪報，是一九八五年五月三十日登在《南洋商報》新聞版，商報記者黃水蓮專訪當年國會反對黨先生陳志勤醫生的文章。這篇報導著眼於陳志勤的書房和他的閱讀；這與一般的政治人物的訪談是不一樣的。對我來說，這篇剪報十分珍貴，因為它讓我看到了一位卓越的反對黨領袖背後堅持閱讀、研修的一面。有道是「臺上一分鐘，台下十年功」，當年的反對黨先生在國會裡滔滔不絕，為民請命，引經據點，讓人欽佩，原來他每天在家裡書房所做的功課，肯定是不能被忽視的。

陳志勤醫生有一間寬敞的書房，藏書四千多冊，醫藥、法律、戰爭歷史、莎士比亞戲劇選集等等，應有盡有，包羅萬象。黃水蓮訪問他時，他已六十六歲，但精神旺健，神態怡悅。他白天給病人看病，每晚八時，就放下其他事務，到書房裡閱讀和寫作，一直到凌晨一時，才休息就寢。他的專欄著作《無畏無私》就在那種情況下寫成。

閱讀是陳志勤醫生唯一的嗜好。他說：「我一向不喜歡酬酢，極少參加酒會這類社交活動。」一個喜歡閱讀的人，不會把時間浪費在歌舞酬酢上，是很自然的。我們也見過一些社會聞人，會客大廳的書架上書本排得整整齊齊，有沒真正去翻閱卻令人懷疑。陳醫生說：「藏書的人也必須對閱讀有興趣才有用。」只有這樣，他才能坐擁書城，從中得益。

當了十五年國會議員的陳志勤醫生，每日能夠坐擁書城，享受豐富的精神食糧。我想，他是富足的。

而今，很多社會領袖都喜歡談論「終身學習」，出發點極佳。我想，要談「終身學習」，就離不開買書、閱讀和研修。一個不喜歡閱讀的人，談再多的「終身學習」，也只是空洞的口號，沒什麼實際的利益。前人像陳志勤者，沒喊口號，卻真正實踐了。

閱讀

人應該閱讀，不單單因為書本到處有。閱讀就像進食一樣，是平常不過的一件事。

進食滿足肉體上生理的需求；而閱讀，除了生理需要之外，也為了精神的進補。

很多人都說，讀書是在消磨時間。或許，遠古的人，生活簡單，在漫漫的長夜裡，秉燭探字，一個又一個的咀嚼，的確是消磨時間之道；或者，冬夜冗長，一本章回小說在手，追求情節發展，忘了戶外的呼呼冷涼，也的確可以撫慰寂寞。然而，當今時日，生活繁雜，娛樂消閒的玩意兒隨手可得。一般人根本無需一書在手以排遣寂寞。在忙碌中還安排時間閱讀的，肯定不是消磨時間。

閱讀，對於想活出生命精彩的人來說，是一種需要。像饑要食、渴要喝一樣，心靈要提升，就得閱讀：用心思，用眼觀。書本有前人的經驗，也有今人的識見。隨時閱讀，好比按時進補。社會競爭激烈，學識智慧不與時並進，就會感受到生命像患了貧血。

閱讀，是細心的吸收，用心的消化，再轉化為自己所有。有書，可閱讀；書不在手上時，舉頭閱讀大自然，閱讀人生百態，也是一種樂趣。一個人老是說：「太忙了，沒時間閱讀。」你仔細觀察他，說不定就發現了他的俗不可耐。

飯總要吃的

生活忙碌，雖然同住一個城市，但老朋友真正聚在一起的時間不多。在各自的崗位上，面對工作、人事以及生活中種種的壓力，這就是現實人生。

最近老楊打電話來，邀約一起吃晚餐。我說：「要處理幾個客戶的事，忙著呢！」他在那一頭挖苦道：「不要說你忙到連晚飯都不用吃。」他這麼一說，我就不好意思了：「好，好，我來。」結果，這一晚，兩個忙碌的人碰在一起，談興一發不可收拾，還喝了酒。原來，在油價攀升不跌，還隨時會企高的情境之下，生意難做，天天頭有得痛。老楊說：「頭痛歸頭痛，飯總是要吃的。」平凡而簡單的一句話，仔細思考，也滿有意思。

的確，當生活遇上了困難，雖得面對，卻不一定得一直往困難裡衝。和朋友聚一聚，談一談，讓念頭轉一轉，也是個紓解的管道。著急未必能立即解決問題。讓精神鬆懈一下，心情放寬，反而可以如常生活，不失灑脫。一餐晚飯，一個人可以吃得很悶；兩個人交心敘聊，可以沖淡許多苦悶，去除不少煩惱。朋友相約，好好珍惜，可以捨棄好多好多自己解不開的煩惱。重要的是，不管你喜歡不喜歡，有心情沒心情，飯總要吃的。

在困難的時刻，飯照吃，活照過，那管你樂不樂！與其讓壓力纏住心頭，不如把自己解放，瀟灑自在，惱人的事兒雖然還在，但又奈我何？

社會變動

社會一直在改變中。

記得不久之前，耳邊常常聽到感歎是：「社會越來越多暴力了。」光天化日之下有攫奪案件，不少人受到傷害，甚至失去了生命；奸殺的案件也此起彼落，搞得人心惶惶。治安敗壞，人人自求多福。

三〇八的政治大地震之後，大家憂喜參半。有的歡迎新的政局，有的擔憂動盪。在好壞未定的時刻，大家面對改變，也承受了內心的焦慮。

社會的改變，有時候循序漸進，沒有帶給人多大的痛苦；有時候來得突然，引起種種的反響和衝擊。

聚合善力量

我總覺得，社會上有兩股力量在互相碰撞、牽制，產生種種不同的效果。一股是善的、好的力量，一股是惡的、壞的力量。當善的力量在各個領域牢牢站在上峰時，社會就安定、祥和。惡的力量會伺機而出，摧毀社會的安寧。別小看惡力量只不過是主流外的支流，只要他們一小撮聚合起來，就可以搞破壞，可以製造社會動亂。

因此，當社會治安不靖、經政顛簸時，大家除了應付不良分子之外，也應該關注和檢討：我們社會裡善的力量夠嗎？我們都拿出各自的善心嗎？

社會的壞人到處隱藏著，但是，如果大家善的力量真正發揮出來，產生互動，壞人也不可能太過囂張的。社會亂糟糟，往往是善的力量發揮得不夠，監督不力，讓惡勢力有機可趁罷了。

好景色

朋友從城裡到鄉下找我，我陪他四處走走。狹窄的泥路上，邊走邊觀察，所見儘是一片樸質簡陋的窮酸景觀，我有點惶恐，有點不安，也有點靦腆……擔心朋友鄙視自己和自己的環境。鄉下落後，城市發達，自是不必言說的；可是，要在朋友面前感到坦然，卻又談何容易！若非朋友親自說要來，我是難以啟口邀請。似乎，作為一個鄉下人，就會有一種天生的自卑感，隱蔽在心的一隅，害怕被人觸及，怯生生的。

朋友彷彿對我的心理揣摩得相當透徹，踏著爛泥，目及雜草野花，眼睛亮了起來，臉龐舒展如花般的笑容，搭配著輕快的喜樂聲調，盡是讚嘆，盡是對新鮮事物好奇而流露的好感。眼前的賤花爛草，平凡得一無是處，早已引不起我的興趣，他卻如獲至寶，又指又問的：「這是什麼花？」、「這是什麼草？」、「這花朴樸實實，像村姑一樣的清秀。」、「這草兒挺著身子，不擔心被人踐踏，有農夫的魯直、剛強。」……他摸著葉子，拉起蔓藤的神態，是喜悅的。於是，陪他走了一個下午，他不倦不累，因為他看到了好風景，享受了好時光。

我不能忘記他在看到好景色時，興高采烈地喊出「太好看了！」「太美麗了！」的歡呼。開始我還以為他是刻意說給我高興的，漸漸的就感受到他的真情流露。他快樂，不單單因為他接受這一片單純景物的美，他還以最純真的心去欣賞它、讚美它！有一兩回我說：「你說得太誇張了吧！」他反問道：「你不覺得這一片大自然的風景太美麗了嗎？你不會是身在福中不知福吧！」

我想想，他說得對！對大自然，我沒有朋友的那份好奇，只覺得鄉下簡陋，難以在城市人眼前抬起頭來。自己可真的是太麻木太浮躁了！怪不得我從未像朋友一樣的欣賞眼前的好景色。我不禁心生慚愧，在朋友面前，感受到另一種自卑。

人生打拼

職場是人生的競技場，只有初出茅廬的才會以單純的眼光去看待它。最基本的要求，是賺取三餐，得以溫飽。再下來，是要求更合理的薪水，更多的升級機會。這期間，免不了要面對工作壓力，人事糾紛。

上司有很多種。有的照顧員工，有的利用員工，甚至到了剝削的地步。有的人沉不住氣，不想永遠被老闆利用，於是，蟬過別枝的有，自己出來打拼，擔家作主的也有。

自己當老闆，資金不可少，人脈關係也很重要。缺少一樣，都可能碰到問題。

打工仔存錢當老闆，談和容易？更何況還要娶妻生子養家，還有社會應酬。

真正的情況是：人生一場打拼、讀書求學的時代，是；投身社會、立業成家，也是。沒有事業時，得打拼；有了事業，更須打拼。

人要在社會上立住腳，找個定位，只有不斷的打拼。

打拼的人生，是苦是樂？大概就像飲水一樣，冷暖自知。

水供中斷

屋外下著大雨，屋裡卻一滴水都沒有。打開水喉頭，拼命轉，就是轉不出一滴水來。怎麼回事啦？

對著外間迷朦大雨，一家人都感到納悶。「這太不合情理了！」幾乎是一致的看法。

「為什麼在下大雨的時刻制水？還是發生了什麼事故，中斷了水供？」

「怎麼會發生這種不可料到的事？」

「停水也不通知一聲！」

你一言，我一語，一時間，大家都在發洩心中的不平。

這時候，剛好一位朋友到訪。他說：「這世間，不可料到的事情太多了！不要以為一切事情都循常規發展。不按牌理出牌的事，在這個時代，太多了！」

他一說，大家靜了下來。弟弟開口：「不管怎麼說，就是不合理。」「對呀。」朋友接著：「我們時時刻刻都得接受不合理的事，學習如何去應對，埋怨是沒有效果的。不如沈著應付，用些善巧和智慧。」

突然間，妹妹叫道：「我知道了！」隨即衝向廚房，拿了一個水盆，放到屋外空地上，盛雨水去了。

我想起早年在鄉下的日子，沒有自來水供，屋前屋後放了很多水缸，雨一來就裝滿，可以用上好多天。為什麼現在的自來水供應中斷，我們就在怨尤、焦慮呢？

柔美的觸動

快樂

偶爾想到，童年那個時段，鄉下生活的物質貧匱，沒有電動玩具車，塑膠娃娃……也似乎沒有什麼糖果霜淇淋薯條炸雞之類的……那段日子可也過得快樂！

每天在野地上，捉螞蟻、玩毛蟲、尋野果、找石子、奔跳追逐、看山望雲聽鳥叫，偶而在叢林裡聽聽水濤風嘯，別有一番情調。一群野孩子，赤背短褲，倒也玩得很癲很瘋狂。在清貧的家境裡成長，卻有窮快樂！

長大後在社會裡謀事，整天為錢為物欲動腦筋，與同行競逐，人事磨擦，搞得很不快樂。忙碌之餘，還苦思如何尋求心靈的寄託。日日辛勞，卻彷彿還欠缺很多很多的東西。

快樂的獲得，似乎不一定是靠金錢和物質的。窮困時想賺多多的錢，有了財富之後又築起一道防衛的牆，彷彿身畔虎視眈眈的都不是什麼好人。還是童真時把錢和物欲都拋開（因為無知嘛），全心地忘我地投入真情的遊戲中，最樂！大人的遊戲，太多偽裝與虛飾了。

面對煩惱

人生有煩惱，自古已然。

內心裡，卻總有一個沒有宣洩的祈求：願日子過得平平順順，安安樂樂。沒有煩惱。

像平靜的湖面，無風不起浪的，安詳。

但生活的疆場上，總有風、總有浪。

問題天天存在。工作就是天天面對問題、解決問題。

舊的解決了，新的會來。舊的沒有解辦，或沒法解決，接下來的問題就更多。

煩惱就攀附在問題中，衝著你來。困擾你，讓你不能心安。敏感的，更牽腸掛肚。

像抹了又來的塵埃；一時的乾淨，不表示從此可以把抹布藏起來。不要煩惱，就像不要聽到人生的問題似的。荒唐！面對煩惱，又有何異？煩惱再多，心志強者，又奈何？煩惱愈多，奮鬥力愈強。解決了自己的問題，還解決了周邊人們的問題。

生活變得格外有意義！

煩惱一解決，快樂自然地湧進心間。

原來，正面的迎接它，煩惱促成了個人的成長。

面對煩惱，真的不必太過煩惱。

坦然

我們都有夢想，追求人生的完美。夢想是行動的激素。夢想可以天馬行空，行動卻永遠跟不上。腦中有一幅完美的人生圖騰。現實卻常叫人憂戚感歎。

心中所要、腦中所想，在現實面前，很多都成了泡影。現實世界不完美。理想縱使再好，現實的阻障卻也很多。人間的缺陷要改善，個人的力量卻有限得很。群體所凝聚的共識，卻要時間。

機緣不具足，很多事辦不成。

有的人失望，有的人堅持，碰撞出種種的後果。

我們都在不完美的世界裡過了一代又一代。
挫折沒有澆滅信心的焰火。
在奮鬥的過程中，我們學會了謙卑、寬容。
向走在前頭的前輩學習，向天地萬物討教。
從失敗中得到啟發。我們因而增長了智慧。
人生的完美還很遠。我們坦然的走下去。

吃得

吃是大學問。我們勞勞碌碌，賺到了錢，無不希望吃得好一些。賺不到錢的，飯還是要照吃。吃飯是最基本的生存條件。

在窮困的歲月裡，希望吃得飽；在經濟寬裕的時刻，希望吃得好。

有話說，吃得是福。人生最得意的時刻，美酒佳餚當前，樣樣吃得。此樂何樂！

吃得，是人生的一種享受。這種福氣，卻不是人人可享有。

有的人大魚大肉，身體受不了；只好甘於清茶淡飯。有的人無肉不歡，沒酒無味，認為人生只有這樣才算享受。

是開始，也是延續

每一天，是一個新的開始。

很多人都這麼說。說給自己聽，也說給別人聽。

說給自己聽，是給自己打氣；說給別人聽，是激勵人家。

新的開始，是一種決心！並不表示說每一天都得開始做一樣新的東西。解讀錯誤，徒然把自己搞得勞累。

每一天，是新的開始，也是舊的延續。

一切阻礙生活進程的煩惱，要放下；一切該做的工作，得挑起。

保有最佳的心理狀態，積極的、樂觀的投入生活疆場中。

從一早睜開眼睛開始，就提醒自己好好的把握這一天。

生命不能浪費。如果昨天的煩惱還是罩住自己的心，這一天就辛苦了。陰霾會吞噬掉陽光的能量。心頭不清朗，活力銳減，生命力被無形的消耗掉。

讓心開放，做該做的大事。每一天，才會過得有意義、有價值。

這也不能只是說說，要驗證才有體會。

警醒

還記得一位長輩常對我說，做人要警醒一些。時時提高警戒，眼觀四方；耳聽八方。這讓我想起兵士的作戰狀態。當時我聽來很有壓力；覺得做人自在一點，輕鬆一些，不是更好嗎？提高警戒，就是提高防備心，彷彿外邊世界都是敵人似的。

其實，人都有自覺和覺他的能力。當然，一般人在這方面的能力不強；往往是事前糊塗，事後才學聰明一些。要提升這方面的能力，可得從生活中好好的自我訓練，沒有付出一番功夫，就不用期待會有過人的成就。自覺力強，對事情，對周遭環境就會觀察得詳細，感受得深刻。眼觀四方，就是帶著清醒的頭腦觀察事物，不含糊、不馬虎。看東西，不只看外表，也應看到內裡去，這樣才會看得透徹。

警醒的人，不只用肉眼看東西，也用心眼來深入勘察事物，對事情的領悟力比別人強。聽東西也是一樣，才不會被外境所騙。你想，一個人有這樣的能力，在待人處世方面，不是更自在，更有自信嗎？所以，我漸漸的認同這位前輩的話。只是，我的努力不夠，很多時候做起事來，還是欠缺警醒意識。

小小疏忽，大大錯誤

一個微小的疏忽，可能是一個很大的錯誤。很多車禍的發生，是因為在上路前，沒有先檢驗好車子，沒有先把車子的毛病修好。

人會在特定的環境之下養成一些壞習慣。有的，很小就養成；因為疏忽，沒有受到注意，所以，沒有加以改正。壞習慣一點一滴的影響自己的生活習性，成了進步的阻力。比方說，懶散吧！小小的毛病，卻無端端的讓人浪費了多少時間，累積了多少失敗的因素。若人能覺察得早，及時改過，命運和際遇也跟著不一樣了。

小事，有時真的惹大禍。一個疏忽，有人吃了發黴的食物，結果上吐下瀉，被折騰得要死；一個疏忽，有的人踩錯轎車的油門，把家中的幼兒撞死……生命中許多不可原諒的錯誤，只是一個不在意，一個疏忽所引起。小小的疏忽，大大的錯誤，怎能一生無憾？

舞臺．作品

莎士比亞曾經說過：人生是一個舞臺。有的人當主角，也有人演配角。有的人上臺，也有人下臺。像一出戲一樣，在特定的時空裡完成演出。演得好，掌聲四起；演壞了，可能被轟下臺來、人生如何拿捏，看一台戲，學到了許多的東西。

我更想起，莎士比亞也曾說過的：人生就是一部作品。作品的好壞，就看自己是否有理想以及是否有能實現理想的計畫。情節是兌現計畫的程式，如何層層展開及應變……成了人生這部作品是否吸引人的因素。

舞臺也好，作品也罷，生活一定要精彩。演繹要有內涵，以真誠、專心和毅力展現深度，才能讓生命扎實起來，不在乎於久長，只在乎它的意義。生命的過程中，誰都會有所得，也會有所失。

甜

小時候最喜歡吃糖。親戚到訪，送來了一包小小的糖果，可以讓我們孩童高興了大半天。

現在，年紀已過半百。任何糖果一點吸引力都沒有。泡咖啡喝美祿，糖要少，不加更妙。

小孩愛聽甜言蜜語；像我這種年齡的人，只愛如實的真話。平實清談也是人生的甜美。

救地球

這個年頭，天災人禍特別多。大宗小宗、遠地近鄰，一旦發生，損財喪命，都會牽繫人心。我們生存的環境亂糟糟的，好教人擔心呀！

國際上重大的會議，環保、節省能源啦，不時召開。很多事，談歸談，有影響力的國際領導人，並沒有積極去做。為什麼不放下軍備、武器，積極攜手拯救已經百孔千瘡的地球？大人物講一套做一套，只因為放不下強國權威的尊嚴？因為一些國家的自私自利，世界上很多人都會跟著遭殃。

天災不斷，證明了地球環境已經病入膏肓。現在是全人類協力救它的時刻，這不是大人物逞強、指責是非，就能幫得上忙的。

沒有積極的行動，理論談得再多，也無濟於事。

節制

對於喜歡的東西，節制使用或享用，在某種程度上，看似一種折磨，卻又有必要。

記得小時候，榴槤盛產的季節，價錢低廉，父親一大籮筐的買回來；我和弟妹三幾個人，可以沒有節制的吃個飽，把飯菜的主食放在腦後。

結果是：吃到病倒，發高燒，咳嗽不止。往後有榴槤，媽媽一定在旁呼喝，不可吃過多。

長大後，發覺很多好的東西，在享用把玩時都要有所節制，不然就會玩物喪志，得不償失。

人生至樂

與老友姚兄會面寒暄，見到他的喜悅神色，深感欣慰。他說：「我的要求不多了。一輛老爺車，出門可行；三幾份報紙雜誌，在家可知天下事。孩子有自己的生活，不必我擔心。吃也不必多，偶爾嘗到美點好味，人生至樂。」

我說：「好個人生至樂！你是在享受人生哩！」隨後我問他：「好，你在哪裡發現了美食，帶我去！」

於是，兩個頭髮翻白的「頑童」，走過大街小巷，尋找心中的快樂地。

姚兄和我一樣，在人生的職場上打拼幾十年，落得兩袖清風。老同學富甲一方的大有其人。我們都沒有那樣的命水。所幸的是兒女成長，沒有加重社會的負擔。我們臭味相投，粗安於濁世；把妄心放下，自有一番天地。

賤命苟安，就不必去嫉羨人間的榮華富貴。把欲求淡化，把生活簡化，心靈也可以有富裕的空間。偶爾，當下的好景、美點、善事，就可以觸動胸臆，感動心懷。重要的是：有好友分享自己的好心情、好際遇。

心態

朋友中風，積極療養；稍能舉步，又不慎跌倒；動了手術後，再積極投入康復醫療；遵從醫生的指導，從吃、睡、運動、休息、按摩等方面下手，調適心態，好好地拼搏。

不出幾個月，他的筋骨活了，手腳靈了，康復在望。

親友知交都欣喜，競相拜訪。言談間，有人慨歎：某某中風了幾年，只是坐在輪椅歎息、發牢騷，病情無起色。

心態不同，效果就不一樣。

發展

語言學家楊樹達說過：「小是大的基礎，大是小的發展，多是少的結果，少是多的基礎。學問是一點一滴積累而來的。」

教育是百代事業，社會建設是國家興盛的基業，也是點滴努力積累而來的。有的人忽略了發展的原理，不從根本做起；動則耗資鉅款，建構奢侈豪華，意在炫耀、不在經濟效益的巨形工程，勞民傷財，不實際之至。基建沒做好，不過是打腫臉皮充胖子罷了。

魔術師

小時候常想，長大後能成為一個魔術師就好了：要什麼都可以變出來！

似乎，世間最厲害的人就是魔術師了。

我以為學到了他的功夫，就能隨心所欲，要風得風，要雨得雨。

世界上最使我嚮往的事大概就是「隨心所欲」吧。

想要錢，念一道密咒吧，錢就來；想要成功，閉起眼睛祈求一下，就成功了……

這麼天真的想法，卻伴隨著我度過幾許童稚的歲月。

長大後，多麼希望世界出現一個很厲害的大人物，登高一呼，就把一切的黑暗和不幸驅逐掉，變出一個完美、人人幸福、快樂的世界。

然而，政治家不是魔術師，思想家也沒有魔術棒，沒有一個人可隨心所欲地改變這個世界。

那麼，從此世界就沒有改變了嗎？有的，但靠的是眾人發奮努力的力量，而且是漸進的，時間很長，進度很慢。

現實裡，沒有憑空就變出東西來的「魔術師」。

比

人家的風光，有時會刺傷自己的心窩。自卑的內裡，還散發出陣陣的妒嫉。只因愛跟人比，比出自己的淺薄、無能、低弱……繼而怪怨天不厚我，生得才淺氣短；或者時運不濟，沒有表現的機緣等等。煩惱無邊。

其實，別人的風光，除了機遇之外，還靠背後的努力。所謂「臺上五分鐘，台下十年功。」拿自己跟人比之前，應先問一問，自己到底又下了多少功夫？

突破

別人不敢做的事，你一馬當先，做了，何等的榮耀。

別人做了的事，你跟在後面，也做；再好，也不過爾爾。後來者只有力求改善，超越，才能創造出自己的一片天。

在文學藝術的道路上，不另闢蹊徑，就難成大器，跨進大師級。

有的因而標新立意、喧囂塵上。貶低他人，突顯自己。

有的卻在靜默中拚搏，紮下了深厚的根底。

韻味

拼命賺錢，對很多人來說，是積極的表現。為錢賣命，無暇旁及詩書畫樂的，比比皆是。我卻欣賞那些工作後還保留時間讀讀書、寫寫詩，甚至作畫唱歌者，能交往得久的，也是此中朋友。

有人說，現實點吧，生活這麼忙碌，那來的雅興？似乎奮發向上的人生裡，不許「雅」。他們所不知的是：詩書琴畫能營造生活的韻味，提升精神的優質。生活中沒有韻味，猶如菜肴中沒有油鹽的調味，澀巴巴的，能不厭倦？找到了生活中的韻味，讓心靈得到滋養，再忙碌，也覺得美好。

走出去

在小溪澗裡嬉遊，當然是一種樂趣，可以帶給村野孩子很大的滿足。等一天村童走到了海邊，投進更寬敞的水域裡載沉載浮，感受又不一樣了：海給自己的生命開拓了更大的歡樂空間。

人不能老是滿足於閉塞狹窄的空間：只有從小天地裡走出去、接觸到更大的天地，他的眼界才會擴展，感受才會提升，他的人生才會成長。

不能從自我封閉的小天地裡走出去的人，無法體驗更大挑戰的樂趣。

財富

追求財富，使人勞碌一生。為了累積金錢和財產，很多人沒有了閱讀和休閒的時間。搞到精神緊張、神經衰弱。尤其是把錢財投資在股票上的，情緒的地落千擾更甚。牛市一來意氣風發，熊兄一到，股價直墜，教人憂心苦痛。

現實社會裡，大家被物欲的表像迷惑了，忘了學問才是別人奪之不去的真正財富，健康才是真正幸福的泉源。的確，很多人累積了錢財，但生活得並不快樂。

我國的閱讀率偏低，莫非是大家都放棄了人生真正的財富，水中撈月般的去捕捉如幻影般的物欲享受？

風浪

不要祈求人生的海洋永遠無波無浪。

那是不存在的。

現實的人生海洋裡，總是多風多浪；而且，更多是浪濤洶湧。

人不能永遠躲在生命的避風港裡。避開風浪，就無法成長，也不會成熟。

只有迎向風浪，才能鼓起勇氣，磨練志氣，把自己潛藏著的智慧發揮出來。

讓風浪壯大自己！

生命力

一個杯，一張椅子，一支筆……不像一條狗、一隻貓、一隻羊，活生生的，能吃喝嘶叫、能蹦蹦跳跳、能追逐嬉玩……就沒有生命力了嗎？

沒有生命的物件，並非就沒有生命力。杯可盛水，椅子可坐，筆能書寫……這種發揮存在價值的功能，就是它們的生命力。細心的人，就會發現世界萬物都有生命力。

不懂善用、珍惜，很多還有功能的物件都被塞到垃圾堆裡，成了廢物。不能讓可用的物件發揮它們生命力的功能，就是一種糟蹋，也是對物資的不敬重。生活富裕的，不把丟棄一件物品當一回事。這樣地扼殺物品的生命價值，跟丟棄一隻貓狗的心態沒兩樣。價值顛倒，正是道德貧瘠的一個樣本。

關注環保

今年的諾貝爾和平獎，頒發給關注地球暖化的戈爾，應該不是出人意表，而是揭示對全球環保嚴重失衡的關注。各國氣候在改變中，兩極的冰山逐步溶化，生態環境惡化。有的地方乾旱焚林，熱浪死人；有的地方一雨成災，汪洋侵佔了陸地；颶風暴浪、地震海嘯……

這一切所造成的破壞，已不容各國領袖再等閒視之了。環保失策，護生不積極，災難一波一波的來，我們來得及阻止嗎？

和歲月結賬

我沒有生意頭腦，不喜歡做賬。

十二月是一年之尾，有條理的人應該都會為自己的這一年做個總結；像生意人結賬一樣。對我來說，要結這個賬其實並不容易，主要是：是否願意真誠地去面對自己。現實的社會運作讓人學會自我掩飾，以滿足不同的私心企圖。於是，結賬時，對人展現一套，自己內心裡可能又是一套。就像有的公司會有兩套賬目一樣。

應該學習的是如何如實的檢驗自己。真能做到這一點，生命坦蕩扎實，像清風明月般的，這年尾的賬結不結，並無大礙。畢竟，歲月往前走，年尾也只是個過程，像每一天都要過去一樣。

看不透

不好的事情發生了，我們希望它快快過去。任何的不幸，誰都不要它多逗留一陣。好事蒞臨，又希望它伴隨著我們久一點。痛苦最好不要來，快樂最好不要走。

我們做不到一視同仁地看待痛苦和快樂。修持好的人，可以用平常心去迎接好和壞的事，不用煩惱。這的確是讓人羨慕的。這種人，心地開朗篤定，不容易因為事情的變化而動搖自己的心情，境界比一般人高得多了。他們知道，變化是人生的常態，所以，不會太過在意好事或壞事的到來。我們看不透這層道理，才會執著得十分痛苦。

幾個十年

有時候想起來，生活也真會作弄人；朋友各分西東北南，各自忙碌。時間悄悄走，也悄悄把生命中許多寶貴的東西帶走。一個機緣，和老友重逢，見面時互相「啊」了一聲，驚覺十多二十年已經過去了。對視凝望，按捺不住心頭的激動。看看，容顏起了怎樣的變化。

彷彿只是一剎那間的事罷了。沉入記憶深處的天地，大家把臂同窗，遊闖書海，怎麼突然間就湮遠了呢？人生十年與共，十年東，十年西，還有幾個十年可以揮灑自如呢。這才感受到現實的可怕。

老態

老有兩種。一種是年齡上的，一種是心理上的。

碰過朋友，訴苦不斷，從對外間的不滿，到自己肉體的酸痛，精神的萎頓。「做人沒意思！」說得連臉色都慘白起來。想想，他年齡五十不到，會那麼老嗎？

適得其反的，是白髮蒼蒼的高齡，一臉慈祥，一肚子熱忱。求知就理，投入工作，全神以赴，你說他老了嗎？

對很多人來說，老是一種心態，無關年歲。

馬拉松

很贊成有人把人生當作一場馬拉松賽，漫漫長路，隨著自己的腳步在眼前展開。這是一場勇氣和毅力的考驗，不要讓停歇下來或倒下的人，影響到自己的前進。

風雨阻擋，沙礪和頑石滿途，可以難倒人，也可以激勵心志。要不要繼續堅持下去，要跑多遠，就看自己了。人生的馬拉松跑道上，競爭的對象不是別人，而是自己。

向前

再艱辛的日子，挨到了年終，總算是透了一口氣；下一口氣上來時，已是新的一年；彷彿在黑夜的盡頭見到了曙光，有了新的希望。

希望總是生命的元氣。只要挨得過最痛苦的考驗，新的版圖就會展現。

新的一年，我們引頸向前沖時，總覺得勇氣百倍。

因為信心沒有喪失，或許，是更壯大起來，所以，敢去碰撞。

而且，從過往的歷程中累積了經驗。就是向前的資本。

凡事向前，該好過猶疑不決，或後退吧。

善忘

灑脫的人，不管面對著多少煩惱的事，一覺醒來，可忘的已忘得七七八八。

碰到一些上了年紀的人，常說：「自己的記憶力衰退了。善忘。」他們似乎忘記了：曾經有過的日子裡，在生命被逼入死角時，撲跌掙扎，多少的痛苦不堪，自己多麼想忘記，卻偏偏被糾纏。難忘所造成的傷害，可以讓命運沾滿灰色。所以，有時，我們會說：「善忘，也是一種幸福。」很多人看不到這一點，偏愛把煩惱留在心間，自我懲罰。

心作主

世界亂糟糟，走到那裡，聽到的都不欠缺負面的新聞。
如影隨形，揮之不去。就好像天天吸進煙霧，心肺免不了受到污染。
這樣的存活，能有幾分快樂？
心情沉鬱低落，還能活出什麼意義？
世界不會因為我們的不樂而改善；而我們的不樂卻對自己造成傷害。
或許可以效法大自然：不管世界有多糟，山自青綠水自流。
選定了路向，就快樂的踏步，管它陽光還是風雨。
心隨著世界亂，就苦；心隨外境變，常不樂。
要讓心作主人，保護自己內心裡小小的快樂。

以勞為鑒

收成的喜悅，讓農夫忘記了辛勞。在很多村莊部落，一年的稻禾收割後，還會來個豐收節慶，歡騰中表達了農民內心的感激。

對勞動的民眾來說，任何的收成都是付出血汗的成果。這一季的豐收，往往意味著前一季的勞作得到了報償。慶豐收是一種感恩，也是一種激勵，給自己注入滿滿的信心和勇氣，準備好下一季的衝刺。

新的年頭，會檢視過去一年的收成，再策劃往前的方針。勞動人民的精神，可以為鑒。

看不到

我們的眼睛長在前面，所以，凡事都向前看。這已是習慣，也是很自然的道理吧！

然而，有人因踢到石頭而腳傷，有人因踩到果皮而滑倒，有人因陷入坑道而爬不起來……這些人開始怪路不好，卻忘了自己在向前看時，忽略了腳下方寸之地。

同樣的，我們的眼睛常常看到外間事物的缺陷，卻忘了省視內在的弱點。我們把自己的失敗歸咎於外在的阻礙，卻忘了更大的敵人，其實存在自己的心裡。看不到自己的人，看不到問題的根源。

扛起責任

有過農耕的經驗，讓我懂得看天色，盡人事，掌握機緣。

在陰晴不定的日子裡，明豔的陽光出現時，要立即耕作，趕緊鋤地播種。一放過機緣，下一刻可能風雲驟起，打斷了你想按部就班的工作。爭取時間，就是扛起責任，對自己公平。

人生何嘗不一樣？機會不會永遠留待給你；人一猶豫不決，希望很快就變成泡影。人不能永遠織夢而沒有行動，那是對自己最大的殘酷。

自我問責

挫敗時，一直呼痛喊冤、問罪外在破壞力量的那些人，往往是最慢爬起來，也最少有機會重整雄風，創造新機的人。

或許，他的呼喊叫囂能引起一些人的注意，也能得到某些人的同情，然而，他忘了要重新站立起來，往上攀登，還得靠自己的力量。

一個不肯自我負責的人，別人縱使扶他一把，也只是暫時的；不自我問責，內在的力量就凝聚不起來，又如何能翱翔成功的領空？

調味品

有些東西，多了雖不好，但沒有可不成。像食物中的鹽，些微的分量，可調味；多了就壞事。若沒有鹽，誰能夠煮出美味佳餚？

每個家的廚房裡，不能欠缺醬糖鹽醋等等的配料。少了這些調味品，巧婦也難煮出好菜肴。

有的人很認真做事，卻難以得到別人的好感。為什麼？他們忘了臉上多一些笑容，心裡多一絲溫柔。人際關係，也像烹飪一樣，別忘了加上適量的調味品。

跳格子

小時候玩跳格子，一腳舉起，跳過，再轉身，舉起石子，投擲。
格子是畫在地面上的。石子舉手可拾。
大自然的環境裡，玩具天成。快樂就在沒有拘束的揮灑中。
現在想起，覺得人生也少不了人為的格局。
進了一個格局，還要跳出來，才能繼續前進。
小時玩了，大了卻忘了它的啟發。

策劃

一天的生活，從早晨開始，有個計畫，就彷彿像太陽有個方向，車輛有個軌道，可以有走下去的從容。

生活沒計畫，日子沒安排，就是失了方向，沒了軌道。想到什麼做什麼，聽起來瀟脫，做起來卻往往亂糟糟。沒計畫就會雜亂；思想轉來轉去，受到的是情緒的指使。

情緒可以營造。只是，沒有策劃好生活的步驟，任何外間的變動都可能影響到自己的情緒，改變自己的作業。先有策劃，就不一樣：那是航向自己目標的軌跡。方向在前，就是密林夜路，也可以走得踏實。

策劃，是把散漫的心凝聚起來，不浪費精力，就善用了時間。

處世難

與人相處難，難於人有太多的偽裝，捉摸起來，煞費精神。

講一是一的人，碰上講一不是一的人，就往往會產生很多錯誤的解讀。你的坦誠，可能被誤讀為另有所謀，因為對方是以自己的小人之腹來衡量。對方一句曖昧的話，你可能又如獲至寶，當真。等到發覺自己被玩於掌股間時，又不知該對自己的天真氣惱呢，還是羞愧？

於是，高明的就提倡處世自保之道：見人說人話，見鬼說鬼話。問題是，除非相處已久，知人甚深，不然，單憑表面印象，如何審度？何況，除非你也換心變臉，你又如何人話鬼話運作自如呢？為了與人相處而變得油滑，結果失去本真，不只是處世難，連做人也難了！

如何反省？

對於言辭極端，挑逗情緒的政客，大家無不唏噓：難道他不會照照自己的嘴臉，認真的反省一下嗎？

我每天經過家鄉的河道，不知多少回。小時候，河水清澄，河面映著兩岸的綠樹倒影，天上的浮雲，綺旎可愛。現在，河水如墨一般的黑，什麼倒影都看不到了。

忽然想到，如果一個政壇或者一個政黨已經被污染得像一條深墨色的河，在裡邊的人，有多少個還能看到真正的自己，他們還能有一面可以反省的鏡子嗎？

生命力量

狗急跳牆，為了尋找出路。人何嘗不是這樣？如果被逼到沒有轉圜的餘地時，往往會反過身來，不顧一切的強力反抗。情況當然是很危急的，但是，到了這樣的境地，一切都已經置之度外。一個平時懦弱的人，突然間勇氣十足，是奇蹟嗎？不如說是為了存活所展現的本能。

往往，當一個人的存活受到威脅時，他的潛在能力就被逼展現出來。當路途寬敞舒坦時，沒有危機感，人也無需武裝自己。到了窮途窄巷，面對困境，就得調整步伐。若被凌辱到了極點，與其任人宰割，不如奮力殺出一條生路來。

這是可以驚天動地的生命力量！

肯定

在生命的途程中，很多人的努力，一旦受到別人的肯定，生命就猶如得到了充電，頓然間發出光彩。

如果這個肯定你的人，是位專家、高人，就更加可喜可賀。

很多藝壇新手，一經高人肯定，往往就會名利雙收。這等光榮的事，誰不想？

有的人參加競賽，祈求脫穎而出，求的是評審的肯定。

有的尋機攀緣，希望識得一兩位伯樂，讓自己冒出頭來。

尋求肯定的方法多的是，不過，最重要的還是自我肯定，認真的努力，真誠的付出。一個人如果心態浮躁，不能踏實的用功，縱使得到別人的美言，也不過只是一時的。沒有真正的勢力，妄想得到別人的肯定，猶如緣木求魚，未免不實際吧！

強者

我遇過的真正堅強的人是不隨便向人喊冤喊痛的。不是他們沒有冤屈，也不是沒有痛苦。恰恰相反，他們所受到的生命折騰往往比一般人還要多。沒有吃過苦，沒有受過難，怎樣都彰顯不出生命的倔強吧！一般人不能在過後不提往事：有機會時，他們總會喋喋不休，用語言重複自己的經歷，讓別人也消費一下。可是，我所敬仰的這些強者，卻能夠在事情發生後，不吭一聲，不提自己所受的苦難、冤屈。

是他們不忍再觸及自己的傷痛呢，還是已經學到了真正的放下？我當然是好奇的，可我也不便去撩撥他們的心弦。自己曾經希望從他們的談話中找到一些線索。他們往往會說：「事情都過去了，沒什麼啦！」也有的說：「幸好提早吃了苦，現在懂得珍惜啦！」一副泰然、積極的神色，告訴我什麼叫做堅強。

我逐漸尋思：莫非是，真正的強者，做了就是，不必叫喊出來。我們沒有什麼成功歷練，都怕人不知，哪配稱得上強者？

後記

退休後，生活還是忙忙碌碌的。似乎每天要做的事情都做不完似的。心裡，倒有幾分欣慰：還有工作做，還有事情處理，這才給生命比較扎實的感覺。

我常常是浸淫在繁忙中而自得其樂的人，這樣，自己就少了一分多管閒事的心情。我又不甘願自己是一個對周遭事務不聞不問，不敏不感的人。所以，我還是動筆（近來是按鍵盤的多），還是塗塗寫寫。幾百字的產品，是這種狀況之下最愜意的書寫。

忙碌可以把自己推入忘憂忘煩的境地，也可以使到很多事情與自己擦身而過，沒有留下任何深刻的印象。這對一個愛好寫作的人來說，可能並不是什麼好事。我常羨慕高手們對事物的深入觀察，細膩描寫。我所懊惱的，是自己的不夠細膩，更何況要以短短的篇章表述生命的景致。的確，文字愈少，愈容易把文章寫壞，除了技巧的功力之外，我常常愧疚於蜻蜓點水似的人生；因為忙碌，因為無奈。

當然，經驗可以提供自己一個解救的辦法：身忙心不忙，事多心不亂。於是，學習更用心的待人處事，更坦然的面對生活。這可不是開門見山，心想事成的事。一路走來，猶如嬰兒爬地，緩緩而進，什麼時候敢站起來跨步，還由猶疑疑的。畢竟，打開心眼看世界，我認定了。我可也知道自己所打開的還是幼嫩的心眼。

自己成書，還沒有請過人寫序。這一回，斗膽向親如哥哥的冰谷開口，也算是滿有勇氣的一件事。冰谷攀高峰過峻嶺，他在文壇上的宏恢眼界，或許，正可助我開拓心眼。冰谷在著書的忙碌中快馬送來佳鞭讓我驅策，以及在我寫作途程中多年來督促和關切，我除了感恩之外，還是感恩。

二〇〇九年四月　雙溪大年

語言文學類　PG0417

心眼的景致

作　　者 / 蘇清強
責任編輯 / 蔡曉雯
圖文排版 / 賴英珍
封面設計 / 蕭玉蘋

發 行 人 / 宋政坤
法律顧問 / 毛國樑　律師
印製出版 / 秀威資訊科技股份有限公司
114台北市內湖區瑞光路76巷65號1樓
電話：+886-2-2657-9211　傳真：+886-2-2657-9106
http://www.showwe.com.tw
劃撥帳號 / 19563868　戶名：秀威資訊科技股份有限公司
讀者服務信箱：service@showwe.com.tw
展售門市 / 國家書店（松江門市）
104台北市中山區松江路209號1樓
電話：+886-2-2518-0207　傳真：+886-2-2518-0778
網路訂購 / 秀威網路書店：http://www.bodbooks.tw
國家網路書店：http://www.govbooks.com.tw
圖書經銷 / 紅螞蟻圖書有限公司
114台北市內湖區舊宗路二段121巷28、32號4樓
電話：+886-2-2795-3656　傳真：+886-2-2795-4100

2010年9月BOD一版
定價：350元

國家圖書館出版品預行編目

心眼的景致 / 蘇清強著. -- 一版. -- 臺北市：
秀威資訊科技, 2010. 09
面； 公分. --（語言文學類；PG0417）

BOD版
ISBN 978-986-221-546-3（平裝）

855 99014101

讀者回函卡

感謝您購買本書，為提升服務品質，請填妥以下資料，將讀者回函卡直接寄回或傳真本公司，收到您的寶貴意見後，我們會收藏記錄及檢討，謝謝！如您需要了解本公司最新出版書目、購書優惠或企劃活動，歡迎您上網查詢或下載相關資料：http:// www.showwe.com.tw

您購買的書名：______________________________

出生日期：_________年_________月_________日

學歷：□高中（含）以下　□大專　□研究所（含）以上

職業：□製造業　□金融業　□資訊業　□軍警　□傳播業　□自由業
　　　□服務業　□公務員　□教職　□學生　□家管　□其它_____

購書地點：□網路書店　□實體書店　□書展　□郵購　□贈閱　□其他

您從何得知本書的消息？

□網路書店　□實體書店　□網路搜尋　□電子報　□書訊　□雜誌
□傳播媒體　□親友推薦　□網站推薦　□部落格　□其他__________

您對本書的評價：（請填代號　1.非常滿意　2.滿意　3.尚可　4.再改進）

封面設計____　版面編排____　內容____　文／譯筆____　價格____

讀完書後您覺得：

□很有收穫　□有收穫　□收穫不多　□沒收穫

對我們的建議：______________________________

____

____

____

請貼
郵票

11466
台北市內湖區瑞光路 76 巷 65 號 1 樓
秀威資訊科技股份有限公司 收
BOD 數位出版事業部

………………………………………………………………………

（請沿線對折寄回，謝謝！）

姓　名：＿＿＿＿＿＿＿＿＿ 年齡：＿＿＿＿ 性別：□女 □男

郵遞區號：□□□□□

地　址：＿＿＿＿＿＿＿＿＿＿＿＿＿＿＿＿＿＿＿＿

聯絡電話：(日) ＿＿＿＿＿＿＿＿ (夜) ＿＿＿＿＿＿＿＿

E-mail：＿＿＿＿＿＿＿＿＿＿＿＿＿＿＿＿＿＿＿＿